小学館文庫

やわら侍・竜巻誠十郎

夏至闇の邪剣

翔田 寛

小学館文庫

目次

夏至闇の邪剣

やわら侍・竜巻誠十郎

巻頭言

享保七年（一七二二）、陰暦六月十五日。

この日、江戸じゅうが天下祭に沸き立っていた。

天下祭とは、神田明神《かんだみょうじん》の秋祭と、本日の日吉山王権現社《ひえさんのうごんげんしゃ》の夏祭をさす。

ことに日吉山王権現社は、江戸城の裏鬼門に当たるうえに、徳川将軍家の産土神《うぶすながみ》であり、幕府直轄の神社だった。

当社は、三代将軍家光のときより朱印領六百石《こく》が下され、祭礼に際して必ず幣帛《へいはく》が奉られることを慣わしとしたのである。

また、例祭において、神輿《みこし》が江戸城内に入ることを許され、将軍の上覧を得るのだった。

加えて、未明から夜まで無数の山車《だし》や練物《ねりもの》が出ることから、人出も尋常ではない。

その祭見物の大群衆は、夕刻から涼を求めて隅田川《すみだ》沿いへと流れて、永代橋《えいだい》や新大橋、両国橋などを渡り、深川界隈《かいわい》まで足を伸ばすのだ。

もっとも、江戸庶民の気持ちが逸《はや》る祭礼は、これだけに限ったものではない。月初めの駒込《こまごめ》、浅草砂利場《じゃりば》、高田水稲荷《みずいなり》、富岡八幡宮《とみがおかはちまんぐう》境内などの富士参りに始まり、五日からの神田明神天王祭、そして、晦日《みそか》の佃島《つくだじま》住吉明神の祭礼まで、青空に響きわたるお囃子《はやし》の音は引きも切らなかった。

江戸に暮らす人々にとって六月とは、いわば夏祭の季節だったのである。

だが、政《まつりごと》を司《つかさど》る幕府にとって、それらの祭礼は、単なる有難いだけの催事ではなかった。

市井《しせい》の人々の与《あずか》り知らない、まったく別の意味がそこに込められていたのである。

第一章　狐憑き

一

同日、巳《み》の刻《こく》（午前十時）――

「それがしに、どのような御用向きでございましょうか」

下座に座った男は、平伏したまま言った。

「そのように畏《かしこ》まるには及びませぬ。さっ、面《おもて》を上げられよ」

上座から、透き通るような声がかかった。

下座の男はさらに頭を下げてから、ゆっくりと顔を上げた。

この男、加納久通《かのうひさみち》という。

面長で鼻筋が通り、薄い唇をしている。

だが、弓なりの眉《まゆ》と垂れ気味の目のせいで、おっとりとした顔立ちである。

年は、数えで五十歳。

八代将軍である徳川吉宗《よしむね》と、老中や諸役人の間を取り次ぎ、将軍の補佐を行う《御用取次《ごようとりつぎ》》の要職にある。

対座している相手は、かつては左京の局《さきょうのつぼね》と称した六代将軍家宣《いえのぶ》の側室で、七代将軍家継《いえつぐ》の生母にほかならない。

正徳二年（一七一二）に家宣が没すると落飾し、いまは月光院《げっこういん》と号している。

当年とって三十八歳だが、和漢の典籍に通じた才女であると同時に、世に知られた美貌《びぼう》はいささかの衰えもない。

二人がいるのは江戸城の廓《くるわ》の南西、西の丸の月光院の住まう一画、その広々とした表座敷である。

障子が開け放たれ、うるさいほどに繁茂した木々の緑が眩《まぶ》しい。

「御用取次のそなたを呼んだのは、いささか懸念があってのことなのです」

月光院が口を開いた。

面長の顔、細く高い鼻筋、切れ長の瞳《ひとみ》だが、その眼差《まなざ》しにかすかに翳《かげ》りがある。

「懸念とは、いかなることにございましょうか」

「私の実父が、幕府に召し出されて幕臣となる以前、浅草の唯念寺塔頭《たっちゅう》、林昌軒の住持であったということをご存じですか」

「いかにも存じ上げております」

「その父と刎頸《ふんけい》の交わりをなした僧に、良からぬ噂《うわさ》が立っているのです」

月光院がじっと久通を見つめた。

久通は、目の前の女性の真意を汲《く》みかねた。

寺や僧に関することなら、自分を通すまでもなく、寺社奉行を呼び出して一喝すれば事足りるはずである。

月光院とは、単に前将軍の生母というだけでなく、紀州藩主だった吉宗が将軍の座に就くに当たり、最大の後ろ盾となった人物にほかならない。

幕府の諸役人はむろんのこと、たとえ老中とても、その言葉に逆らえる者などいない。

刎頸の交わり、すなわち生死をともにするほどの親しい間柄の僧の危難であれば、町奉行に命じて、与力《よりき》を派遣させることもできよう。

にもかかわらず、この自分を呼びつけたからには、何かよほどの事情があるはず――

「どのような噂でございますか。さらに、その僧とは、どなた様でございましょう」

「僧の名は栄如《えいにょ》様と申して、真宗の幸徳寺《こうとくじ》のご門主様です。道灌山《どうかんやま》近くのその寺のこと、ご存じでございましょう。噂の内容は、その者がいかがわしき女たちと通じているというものや、怪しげな加持祈禱《かじきとう》を行っているというものなど様々だそうです。私の代参として幸徳寺を詣《もう》でた家中の者が、寺近くの茶屋で休憩したおり、顔見知りの女将《おかみ》よりこぼされたと申しておりました」

一瞬、久通は身を硬くした。

内心の驚きを、表情に表さないようにしたのである。

去る六月十一日、江戸城辰《たつ》ノ口《くち》評定所門前腰掛の上に設置されていた目安箱にも、まったく同様の訴状が投げ込まれていたからだった。

その文面が、久通の脳裏に甦《よみがえ》った。

《幸徳寺ノ栄如様ヲ悪《あ》シ様《ざま》ニ誹謗《ひぼう》スル噂ガ流布シテ候《そうろう》。噂ニ曰《いわ》ク、栄如ナル僧ハ悪逆非道ノ者ナリ。夜毎ニ売女《ばいた》ト淫《いん》シ、仏法ト称シテ妖術《ようじゅつ》祈禱ヲ行ヒタリ云々。我ラ檀家衆ハ堪忍ナラズ、奉行所ヘ訴ヘタリ。シカレドモ奉行所ハオ取リ上ゲニナラズ。何卒《なにとぞ》、御叡慮《ごえいりょ》ヲ以《もっ》テ、コノ一件ヲ御検断下サレタク、伏シテ願ヒ上ゲ

奉《たてまつ》リ候》

訴状には、幸徳寺の檀家たちの名前が並んでいた。

栄如が姦淫《かんいん》や怪しげな呪《まじな》いを行っているという噂に、檀家たちが心を痛め、奉行所に訴えたものの、取り上げてもらえなかったことから、直訴《じきそ》に及んだものだった。

しかし、奉行所の判断と同様、目安箱を管轄する久通は、この訴状を不問に付した。

目安箱に投ぜられた訴状がお取り上げになるには、厳しい定めがあったからである。

まず、訴人の名前が記されていなければならない。

また、農工商などの庶民しか直訴できなかった。

さらに――

私恨《しこん》による訴え。

伝聞による直訴。

管轄である奉行所に訴える以前の訴状。

虚説や捏造《ねつぞう》の訴えなど。

これらはいずれも、《難立願》として退けられるのが決まりなのだ。

檀家たちの訴状は《噂》を糾弾しており、《伝聞》による直訴と看做《みな》さざるを得ない。

ところが、その一件が、いま改めて月光院から久通に突きつけられている。

だが、幕府の陰の実力者であるこのお方が、何ゆえに噂ごときに狼狽《ろうばい》するのだろう——

久通の思いを読み取ったように、月光院が口を開いた。

「そなたが不審に思うのはもっともです。噂のようなもの、気にかける必要はないと誰もが考えるでしょう。まして、寺社奉行の手を煩《わずら》わせるなど、身勝手千万というもの。されど——」

と月光院が身を乗り出し、続けた。

「栄如様にかかわる噂は、事と次第によっては、幕府にとって座視できない事態を招く可能性があるのです」

「幕府にとって座視できない事態を招くとは、いかなることにございますか」

「真宗の力がいかに大きいか、ご存じでしょう」

久通はうなずく。

「いかにも巨大な力を持っておりました。東照大権現様《とうしょうだいごんげんさま》がまだ三河《みかわ》の一大名に過ぎなかったおり、一向宗《いっこう》の一揆《いっき》にどれほど苦しめられたことか。さらに本願寺にあった蓮如《れんにょ》の力が一時は、信長公や諸大名を震え上がらせるほどの勢いだったとか。であればこそ、権現様は天下をお取りになった後、本願寺の勢力を二分するために、東西の本願寺を立てられたのでございましょう」

月光院もうなずいた。

「本願寺は二分されたとはいえ、いまでも侮りがたい力を秘めております。全国に散在する門徒は数知れず、その上に立つ門主の意向が、彼らの考え方や動向を左右しかねません。ひとたび、門主が檄《げき》を飛ばせば、門徒衆は《南無阿弥陀仏《なむあみだぶつ》》と記した莚旗《むしろばた》を押し立て、雲霞《うんか》のごとき軍勢となり、門主の敵に殺到しかねません。その真宗にあって、東西の本願寺や高田専修寺派とともに、ひときわ尊崇を集めているのが、栄如様なのです。しかも、あのお方ほど、徳川幕府と公方《くぼう》様の安泰を念じておる僧はほかにはおりません」

「なるほど、左様でございましたか」

久通にも、ようやく話の筋道が見えてきた。

栄如はいわば、人心を束ね、将軍の治世を下支えしてくれている僧侶なのだ。

その栄如に泥を塗るような噂があるとすれば、それはすなわち、吉宗の政を揺るがそうとする策動とも解釈し得る。

「そこで、噂の裏に、何か良からぬ企《たくら》みがあるのではないかと心配になり、お上《かみ》にご相談申し上げました。そのとき、そなたの名前を耳打ちされたのです」

身を起こして月光院が言った。

「お上が、でございますか」

「はい。雲を摑《つか》むようなこの難題、ほかの者には手に余ろうが、加納久通ならば何か思案があるはずだから、相談するようにと」

久通は合点がいった。

この五月から、彼はある若者を手下として使い始めていた。

目安箱に投ぜられた訴状で、《難立願》として退けざるを得ないものの中に、捨て置けない重大な案件がふくまれていることに気がついたからである。

その者に課した役目とは、役人のごとき権力をいっさい使わずに、自己の才覚と知恵をもって、その重大な案件を隠密裏に探り、解決する《目安箱改め方》だった。

若者は、すでにある企てを未然に防ぐ働きを見せた。

その首尾については、むろん、吉宗の耳にも入れてあった。

月光院の相談を受けた吉宗は、そのことを思い出したのだろう。

「それに、私が不安に思う理由がもう一つあるのです」

「何でございましょう」

「来《きた》る六月二十二日、幸徳寺において法式が執り行われるのです。その法会《ほうえ》には幕府のお歴々も参列されますし、門徒衆が大勢参集いたします。いわば、幸徳寺の夏祭なのです」

「そのときに、何か不穏な事態が生ずると、そうお考えなのでございますか」

「先ほど、座視できない事態が起きる可能性と申し上げました。そして、政を司る者とは、いかなる些細《ささい》な可能性についても、その対応策を事前に用意しておくべき立場ではございませんか」

月光院が久通を見つめた。

「御意《ぎょい》にございます」

久通は深々と平伏した。

そして、彼は素早く考えを巡らした。

まずは町奉行に命じ、噂が本当に流れているのかどうか、与力に確認させよう

――幸徳寺の法会についても、調べさせねばなるまい。
法会や祭で、どのような行事が執り行われるのか。
目安箱改め方の出番は、そのあとだ――

二

日差しがかっと照りつける海辺大工町《うみべだいくちょう》の道に、人々が溢《あふ》れていた。
屛風《びょうぶ》を運ぶ男たち。
切花を手にした女たち。
もろ肌脱ぎの車力《しゃりき》が、野菜を満載した大八車をごろごろと曳《ひ》いている。
配達物を背負った丁稚《でっち》が駆け抜けてゆく。
道の向こうから、天秤棒《てんびんぼう》で桶《おけ》を担いだ、冷水売りの男がやってくる。
江戸市中でも、隅田川を渡ったここ深川界隈は、新開地のためにことに水が悪い。
このため、水売りのような生業が成り立つのである。

頭には鉢巻、晒《さらし》の腹掛けに、麻の葉模様の半纏《はんてん》を羽織ったなりだ。

「汲みたての水ぅー、冷やっこい、冷やっこいよ――」

その塩辛い売り声に、竜巻誠十郎《たつまきせいじゅうろう》は思わず唾《つば》を呑《の》み込んだ。

着物の袖《そで》を肩口までたくし上げて、右肩に酒樽《さかだる》を担いで小走りに運んでいたのである。

誠十郎は、二十歳。

身の丈は、五尺七寸（約一メートル七十三センチ）。

色白で、目鼻立ちが大きい。

上腕や胸の筋肉が盛り上がっている。

袴《はかま》姿の侍のなりだが、腰にあるべき差料《さしりょう》がないから、人々が怪訝《けげん》な顔で振り返るものの、道草を食っている余裕はなかった。

軒先の風鈴の音を追い越すように、誠十郎は足を速めた。

この五月の梅雨時《つゆどき》に、思いがけない成り行きから、誠十郎は八丁堀《はっちょうぼり》にある義父竜巻順三《じゅんぞう》の組屋敷を出ざるを得なかった。

以来、本所《ほんじょ》北森下町の瓢箪《ひょうたん》長屋で一人暮らしを送りながら、日雇い仕事で日々のたつきを得ているのだ。

とはいえ、物価が高騰し、巷《ちまた》には浪人者が溢れており、仕事口そのものが払底《ふってい》している。

本所の寿屋という酒屋から任される配達が、誠十郎の大事な収入源だった。天下祭を迎えて、どこの茶屋や料理屋も朝一から仕込みに追われていた。まさに稼ぎ時である。

誠十郎の目に、額の汗が入った。手の甲でそれを拭《ぬぐ》い、一瞬、真っ白な入道雲を見上げる。

暑いな――

ひと雨ほしい。

しゃくり上げるような泣き声を耳にしたのは、そのときだった。

誠十郎は思わず足を止め、振り返った。

小名木《おなぎ》川に面した路地に、十二、三ほどの娘がしゃがみ込み、両手で顔を覆って泣いている。

傍らに、一つ、二つ年かさらしき男の子が、怒ったような顔で立っていた。

下女と丁稚――誠十郎の目には、そう映った。

「泣くな――」

男の子が、ぶっきらぼうに言った。

すると、女の子は嫌々をするように首を振る。

「いくら泣いたって、川に落としちまった銭は戻っちゃ来ないんだぞ」

「あたい、叱《しか》られる——」

両手の下から、女の子が声を張り上げた。

「いったい、どうしたのだ」

誠十郎は二人に近づくと、声をかけた。

男の子が顔を上げた。

眩しげに目を細めたが、眉の濃い整った顔立ちだ。

「何でもないよ」

「何でもないことはあるまい」

酒樽を下ろして誠十郎はさらに近づく。

すると、男の子が慌てたように女の子の肩に手をかけ、

「おい、もう泣くなよ。人が見るじゃないか」

と引き起こそうとした。

だが、女の子は泣きじゃくるだけで、動こうともしない。

男の子が顔をしかめ、唇を噛《か》んだ表情になってしまった。

「いま、銭を落としたと耳にしたが、どのような事情か、私に話してごらん」

誠十郎は優しい口調で言った。

「だって――」

男の子が言いよどむ。

すると、初めて女の子が顔を上げ、手指の間から誠十郎を見つめた。

「旦那様のお遣いの銭を、財布ごと川へ落としてしまったんです――」

女の子がか細い声で言った。

「馬鹿っ、見ず知らずのお侍さんに、そんなことを言ってどうするんだ」

男の子がまた怒鳴った。

「おまえの知り合いか」

誠十郎の問いに、男の子が眉間《みけん》に皺《しわ》を寄せて言った。

「ああ、おいらたち、同じ店の奉公人だよ。届け物の途中で通りかかったら、こいつが泣いていたんだ」

「銭とは、いかほどだ」

「そんなことは、だめだよ――」

「いいや、かまわぬから、申してみろ」

誠十郎は女の子に顔を近づけた。

「――それは、その、百文です」

言いにくそうに、女の子が言った。

誠十郎は言葉に詰まった。

どっしりと重い半斗樽を注文先に配達して、一つわずか十文の稼ぎに過ぎない。朝一からすでに五個を配達し終えたから、しめて五十文だ。

懐の手持ちも、まず百文くらいのものだろう。

ちなみに、腕のいい大工の手間賃が、一日に二百文ほどである。

だが、泣いている子供を、そのまま見捨てることのできる誠十郎ではない。

そのとき、男の子がおずおずと、

「お侍さん、こいつはお店《たな》でへまばっかりしているんだ。もしも、今度のことが旦那さんに知れたら、間違いなく暇を出されちまうよ」

と言い、困り果てた表情で付け加えた。

「畜生っ、おいらが店に戻ることができれば、正月と藪入《やぶい》りに、お上さんから頂《ちょう》戴《だい》した小遣い銭を貯めてあるのに。だけど、すぐに届け物に行かなきゃ、こっちが大目玉を食らうだろうし、こいつも、旦那さんから買って来いと言われた京菓子をすぐに持って帰らなきゃならないし――」

女の子がしゃくりあげた。

それで、誠十郎の心が決まった。

「よし、分かった。その百文、私が出してやろう。ただし、私も人に施《ほどこ》せるほどの懐具合ではないから、後で返してくれ」

「えっ、本当かい」

「いいんですか」

男の子と女の子が、声を揃《そろ》えて言った。

誠十郎はうなずいた。

「ああ、本当だ。――しかも、おまえたちは、まだ子供だ。いっぺんに返せとは言わん。まずは五十文。来月の藪入りに小遣い銭を貰《もら》ったら、そのとき五十文で、どうだ」

二人が顔を見合わせる。

立ち上がった女の子の顔に、初めて安堵《あんど》の色が浮かんだ。

目鼻立ちが細く、きれいな顔をしている。

「恩に着るよ、お侍さん」

「ありがとうございます」

口々に言い、ぺこぺこと頭を下げる。

「おいらは幸吉《こうきち》、こいつはおたか。奉公先は高砂町《たかさご》の伊勢屋《いせや》っていう暦問屋だよ」

誠十郎が胴巻きから取り出した銭を受け取りながら、男の子は言った。

「高砂町なら、そこの新大橋を渡った先だな。ならば、仕事が済み次第、立ち寄ることにしよう」

誠十郎は隅田川の方を振り返った。

「ああ、待ってるよ、お侍さん」

二人が立ち去るのを見送ると、誠十郎は再び酒樽を肩に担いで歩き出した。

足取りが軽い。

二人の嬉《うれ》しそうな表情が脳裏に甦る。

いいことをした——

その足で、高橋《たかばし》近くの料理屋へ配達を終えた誠十郎は、すぐに寿屋へ取って返した。

この分なら、今日じゅうに、あと五つ、六つくらいは配達できるだろう。

寿屋は南六間堀町《ろっけんぼり》にある。

紺の長暖簾《ながのれん》が下がった店先が見えてきた。

「おおい、竜巻――」

背後から声がかかった。

振り返る前から、梶田重之介《かじたじゅうのすけ》と分かっていた。

梶田は浪人ながら、神田相生町《あいおいちょう》にある富樫《とがし》道場の筆頭門人である。

月のうち一日、十日、二十日の三日間、そこで想身《そうしん》流柔術を指南するのが誠十郎のもう一つの仕事なのだ。

いわば、同じ釜の飯を食っている仲であり、年も同じである。

しかも、彼も瓢箪長屋に住んでいる。

もっとも、腰にちゃんと大小を差しているところだけは違っていた。

「どうだ、いくつ配達した」

手拭で首筋の汗を拭いながら、息を弾ませて梶田が追いついてきた。

誠十郎よりひと回り大柄で、無精髭《ぶしょうひげ》が濃く、熊のような顔立ちだ。

「しめて六つです」

誠十郎が言うと、梶田がにやりとした。

「俺は、八つだぞ」

「頑張りましたね」

近頃、日雇い仕事にあぶれていた梶田のために、誠十郎が寿屋に口を利いたのである。

「この稼ぎぶりなら、今晩あたり、俺たちも久しぶりに一杯呑めそうだぞ。この暑さだ、冷や酒といきたいな」

梶田が顎《あご》を撫《な》でながら、嬉しそうに言った。

「だめですよ。月末に、長屋の店賃《たなちん》を払わなければなりませんから」

「あっ、そうだった」

梶田が顔をしかめた。

瓢箪長屋は北向きの薄暗い棟割《むねわり》長屋だから、店賃が三百文と相場よりかなり安いものの、差配の八蔵《はちぞう》は取り立てがことに厳しい。

ましで、瓢箪長屋に居を定めたおり、梶田の口利きで、八蔵には店賃を一月待ってもらった経緯もある。

したがって、先月分と今月分を合わせれば、店賃は六百文となるのだ。

しかし、日々の入用があるので、思うように銭は貯まらない。

例えば、米が一升につき八十文。
銭湯は、六文という具合である。
「でも、たまには酒もいいでしょう」
誠十郎の気が変わった。
「おっ、おぬしもそう思うか」
一転して、梶田が顔をほころばす。
誠十郎は、幸吉とおたかに貸した銭のことを考えたのである。
あの百文、くれてやったと思えば、一晩くらい酒を呑むのも悪くなかろう――
安い酒なら、一合が二十文ほどだ。
二合ほど買い、肴《さかな》は豆腐にしよう。
冷奴を、おろし生姜《しょうが》と醬油《しょうゆ》でやる。
梶田の内儀の菊代《きくよ》と、娘の詩織《しおり》には、何か甘いものをご馳走《ちそう》しよう。
今日は、天下祭なのだ。
誠十郎の表情も緩んでくる。
「どうしたんだ、思い出し笑いなどして。おぬしにしては、珍しいな」
肩を並べて歩きながら、梶田が怪訝そうに言った。

「実は、ちょっとした人助けをしました」

誠十郎は頭を掻《か》きながら言った。

「人助けだと――」

「ええ。さっき、海辺大工町の道を通りかかったら、女の子が泣いていたんです――」

誠十郎は、幸吉とおたかに銭を貸し与えた経緯を話した。

いきなり梶田が立ち止まった。

「おい、竜巻、そいつは口三味線《くちざみせん》かもしれんぞ」

「えっ――」

誠十郎も足を止めた。

口三味線とは、言葉巧みに相手を騙《だま》すことである。

「考えてもみろ、京菓子のような高価なものを、下女に買いに行かせる旦那がどこにいる」

「しかし、あの二人はとても人を騙すようには見えませんでしたよ」

「だったら、すぐにその伊勢屋に行って確かめてみろ」

誠十郎はうなずくと、慌てて駆け出した。

「まったく油断も隙《すき》もない世の中だ」

腕組みした梶田が、苦々しい表情で言った。

「私にも、いまだに信じられません」

誠十郎は膝《ひざ》に拳《こぶし》を置いたまま、ため息をついた。

二人は、瓢箪長屋の誠十郎の部屋で向かい合っていた。

部屋には行灯《あんどん》が灯《とも》っているものの、むろん、酒も豆腐もない。

二人の前に置かれた茶碗は、出がらしの茶である。

誠十郎が新大橋を渡り、浜町河岸《はまちようがし》を抜けて高砂町へ駆けつけてみると、確かに伊勢屋という暦問屋があった。

だが、表を掃いていた小女《こおんな》に声をかけ、幸吉とおたかのことを尋ねると、

《いいえ、そんな名前の者は、奉公人の中にはおりませんけど――》

という返事があっさり返ってきたのである。

その刹那《せつな》、誠十郎は、足元の地面が消えたような気持ちだった。

彼が配達の仕事に戻ったのは、半時《はんとき》(一時間)後だった。

呆然《ぼうぜん》となり、しばらく落胆が消えなかったのである。

一日が終わってみれば、日雇い仕事で稼いだ金は、しめて百文。

これでは、何のために汗水流したのか分からない。

「なあ、竜巻、これで少しは分かっただろう」

梶田が言った。

誠十郎は顔を上げた。

「私が、お人好《ひとよ》しだと言いたいのでしょう」

「左様だ。むろん、人の窮状に同情するのは悪いこととは言わん。だが、おぬしの場合、それが度を越しておるぞ」

言葉とは裏腹に、梶田の顔には深い同情の色があった。

「でも、どうしてあの二人は私に目をつけたのでしょう」

「決まってるじゃないか」

「えっ、梶田さんには、分かるんですか」

誠十郎は驚いて言った。

「侍が額に汗して酒樽を運んでいるのを見れば、日雇い仕事で気が急《せ》いて、深くものを考えられなくなっていることは一目瞭然《いちもくりようぜん》だ。しかも、おぬしは人が好さそうな顔つきだから、幼い娘が泣いておれば、捨ててはおかないだろうと踏んだのさ。そして、わざと手助けを遠慮する素振りを見せて、おぬしの出かたを見極めたんだ、カモに相応《ふさわ》しいかどうか」

誠十郎は、またしてもため息をついた。

「子供が平気で大人を騙すなんて、私にはやはり考えられません」

「いいや、近頃では珍しくないぞ。それどころか、もっと手の込んだ騙しもあるらしい」

「どんな手ですか」

「聞いた話だが、一人暮らしの母親のもとへ、奉公に出ている倅の朋輩《ほうばい》だと称して、十五、六の男の子が訪ねてくるんだそうだ。そして、手紙を差し出すのさ。そこには、どうやって知ったのかは分からんが、倅の手跡とよく似た筆で、奉公先の旦那の香炉を壊してしまったから、修繕代として一朱《しゅ》貸してほしいと、泣きつくような文言と倅の名前が並べられているんだ。しかもな、母親がそれを読み終わる頃合を見計らって、そいつが《旦那さんは怒って、役人に訴えると申しております》と、困り果てた顔で付け加えるって寸法さ」

「それだけで、あっさり金を渡してしまうんですか」

「倅を心配している母親なら、ころりと騙されちまうさ。まったく卑劣な遣《や》り口だぜ。――だがな、問題は、そんなやり方で金を手に入れようという腐った性根だ、そう思わんか」

そう言うと、梶田は身を乗り出し、

「誰だって、金はほしいに決まっている。長年の貧乏暮らしで、俺はそれを嫌というほど味わってきたんだ」

と、自分のことを語り始めた。

梶田の父親は、東北の小藩の藩士だったという。

実直を絵に描いたような人物で、静かな老後を迎えると誰もが信じて疑わなかった。

ところが、秋口の月見の宴において、変事が起きた。

酒に酔った同僚が言いがかりを付けてきて、あげくに刀を抜いて斬《き》りかかってきたのだ。

やむなく応戦したものの、双方が刀傷を負ったところで、ほかの藩士たちに取り押さえられてしまった。

結果として、二人とも禄《ろく》を失い、城下を去らねばならなかった。

それが梶田重之介、十二のときだったという。

「どう考えても、非は相手にあったんだ。だから、腹の虫が収まらなかった俺は、江戸へ出てきてからというもの、喧嘩《けんか》に明け暮れたもんさ。そのせいで、どれほど両親に迷惑をかけたことか。――だがな、俺が挑んだ相手は、いつも年上のでかい奴らばかりだったぞ。それに、他人のものには手は出さない、これだけは絶対に守ってきたんだ」

「その梶田さんが、どうして剣の道へ進んだんですか」

「十四の年に神田で喧嘩騒ぎを起こしたとき、富樫先生に呼び止められたのがきっかけだ」

「富樫先生が――」

梶田がうなずく。

富樫敬作《けいさく》は、神田相生町の富樫道場の主である。

誠十郎の脳裏に、飄々《ひょうひょう》とした顔が浮かんだ。

六十を越えた老人で、鬢《びん》も眉も雪のように白く、体は枯れ枝のように細い。

「俺は、てっきり怒鳴りつけられると思った。しかし、そうではなかった。いきなり、《坊主、筋がいいな。拙者の道場で稽古《けいこ》をせぬか》と声をかけてきたのさ」

「あのお方なら、ありそうな話ですね」

誠十郎は思わず笑いを浮かべてしまった。

この春、彼は深川で子供に絡んでいたヤクザ者たちを、得意の柔術で退治したのである。

その様子に目を留め、門弟たちに柔術の指南をしてほしいと誘ったのも、富樫にほかならない。

「最初、この爺《じじい》は何を寝ぼけたことを言いやがる、と俺は相手にしなかった。ところが、富樫先生はどこまでも付いてきて、《勿体《もったい》ない》とか、《そのままでは宝の持ち腐れだぞ》とか、そのしつこいことといったらないのさ」

「で、どうしたのですか」

誠十郎は、思わず身を乗り出していた。

「一町ほども付け回されて、俺も音を上げたよ。だったら、稽古をしてやってもいいが、束脩《そくしゅう》は出せんと言ってやったんだ。そう言えば、この爺も諦《あきら》めるだろうと考えたわけよ。いま考えれば、冷や汗ものだがな。ところが、富樫先生は、それでいいとおっしゃったんだ」

「それで稽古を始めて、めきめきと剣の腕を上げたんですね」

誠十郎は、すっかり話に引き込まれていた。

束脩、すなわち、入門の礼である金品を度外視するとは、ますます富樫らしい。

「左様——と言いたいところだが、世の中、そんなに甘いものじゃない」

梶田が悪戯《いたずら》っぽい笑みを浮かべ、

「富樫先生は最初、門人の中から一番体の小さな子供と俺を対戦させた。俺は頭に来て、打ちかかって行った。当然だろう、喧嘩に負け知らずの俺に、そんな奴と打ち合えと言うのだぞ。ところが、あっという間に、俺は叩《たた》きのめされてしまった」

と一転して、へこんだ表情になる。

「本当ですか」

「うむ、まったく太刀《たち》打ちできなかった。満身の力を込めようが、激しく動き回ろうが、相手は赤子の手をひねるように、俺を易々《やすやす》と打ち据えたのさ。どれほど悔しかったか、竜巻、おぬしに分かるか」

「ええ、分かるような気がします」

「その悔しさの一念で、俺は連日のように道場に通った。そして、そいつが強い理由がやっと分かったんだ」

「どんな理由だったんですか」

「稽古だよ。ひたすら素振りをして汗を流し、他の門人たちと数限りなく打ち合うのさ。その絶え間ない繰り返しの末に、初めて一つの技が生まれてくるんだ。俺は喧嘩には強かったが、それは技ではなく、ただの荒っぽい腕力だったのさ」

「柔術と同じですね」

誠十郎はうなずいた。

彼の想身流柔術は、実父である木之元九右衛門《きのもときゅうえもん》から学んだものだった。

その技とは、相手の力を逆用して攻撃を封じる術《すべ》にほかならない。

押せば引き、引けば押すを旨とし、打ちかかってくる敵の勢いを、こちらの技に転化することを主眼としている。

《技は、力にあらず――》

亡き父、九右衛門の言葉である。

梶田の言いたいことにも、誠十郎は思い当たった。

辛い努力に打ち込むのは、他人のためでなく、自分のためだと言いたいのだろう。

他人を騙すような連中は、そんな地道な努力の繰り返しを嫌っているのだ。

だが、まっとうに生きる術を学ぶこともなく、若いうちから罪に手を染め続ければ、その行き着く先はどこだろう。

挫折《ざせつ》と焦燥、あるいは、破滅と絶望に違いあるまい。

梶田が、すっかりぬるくなった茶をすすった。

誠十郎も茶碗を手にした。

二人は、同時に笑みを浮かべた。

昼間の出来事で腐った気持ちが、いつの間にかすっかり洗い流されている。

友とは、ありがたいものだ。

「ともかく、次の仕事を探さねばならなくなりました」

誠十郎は口調を変えて言った。

「なぜそんなに慌てるのだ。米や味噌のためなら、少々だったら、俺が用立てるぞ」

「梶田さん、まことにかたじけない。しかし、このままでは店賃が払えるかどうか、心細いかぎりなのです」

「店賃のことなら、俺が八蔵に、もう一月待つように言ってやろう。前にも申したであろう、あいつが妙な女に引っかかったおり、俺が助けてやったのだ。だから、あいつには貸しがある」

「いいえ、八蔵どのには、一月待ってもらったのですから、今度こそ払うべきです」

「竜巻、おぬしはどうして、そう物堅いのだ。世の中、盗みや騙しは許されんが、棟割長屋の住人が店賃を溜《た》めることくらい、どこにでもあることだぞ。払えんものは、払えんと、知らぬ半兵衛《はんべえ》を決め込んでおればいいのさ」

いいえ、と誠十郎は首を横に振った。

「侍は約束を違《たが》えてはならぬ、と教えられました」

うーん、と梶田が唸《うな》る。

その先を聞かずとも、

《母の教えです》

と誠十郎が答えることを、よく知っているからだろう。

彼の口癖である。

「分かったよ。だったら俺も付きあって、もう一仕事するか。たまには菊代に、半襟《はんえり》の一枚も買ってやりたいからな。だが、問題は、仕事口があるかどうかだ」

「ええ、そうですね。寿屋の配達は、しばらくなさそうですから」

梶田が腕組みして天井を仰《あお》いだ。

浪人が多い上に、地方から出稼ぎに出てくる人々も増えている。

そんなことから、浪人が手っ取り早く稼ぐために、ヤクザ者の《用心棒》を引き受けることが少なくないご時世である。

しかし、誠十郎はそうした悪に手を貸す仕事を、潔しとしないのだ。

ふいに、梶田が顔を戻した。

「だったら、奥の手でいくか」

「奥の手――」

誠十郎は相手を見た。

梶田がにやりと笑った。

三

翌日の早朝、誠十郎は井戸端で浴衣《ゆかた》を脱ぎ、下帯《したおび》一つになると、桶で水を何杯も浴びた。

それから顔を洗い、口を濯ぐ。

手拭でごしごしと体を拭《ふ》き、さっぱりとした気分になった。

「おう、早いな」

三軒隣の腰高障子が開き、梶田が顔を出した。

「夏場はこれができるので、銭湯代が助かります」

「よし、俺も体を流すか」

誠十郎は部屋へ戻ると、土鍋で米を研ぎ、竈《かまど》にかけた。

味噌汁の具は、二軒隣の桶屋、藤吉《とうきち》の女房のお国《くに》から貰った茄子《なす》に決めた。

やがて飯が炊きあがり、誠十郎は熱々の飯を頬張《ほおば》った。

合間に、湯気の立つ味噌汁をやる。

飯はしめて三杯。

渋茶で口をさっぱりさせてから、薄柿色の着物と、一張羅の鼠袴《ねずみばかま》を身に着けた。

これでよし——

外へ出ると、蟬《せみ》の鳴き声がいっきに耳朶《じだ》に押し寄せてきた。

「さっ、参ろうか」

そこへ梶田が現れた。

井桁《いげた》柄の渋茶の着物に紺袴、腰には無銘の大小を差している。

「おや、いい男が二人、めかしこんでお出かけかい」

井戸端で茶碗を洗っている女たちの中から、お国が声をかけてきた。

「仕事探しだ、身だしなみも馬鹿にならん」

鬢のほつれを唾《つば》でなでつけ、梶田が言い返すと、女たちがどっと笑った。

二人も笑いながら手を振り、歩き始めた。

これから掛け合いに行く先は、松倉町にある口入屋《くちいれや》、恵比寿屋《えびすや》である。

ただし、この店、ほかの口入屋と同様、仕事にあぶれた浪人者には、まずいい顔をしない。

ところが、一月ほど前、恵比寿屋の主人の仁吉《にきち》が、丑蔵《うしぞう》というヤクザ者と手下たちに絡まれているところを、誠十郎と梶田が助けたのである。

それが、いわば《貸し》になっている。

奥の手とは、そういうことだった。

四半時（三十分）ほども歩き、二人は恵比寿屋の暖簾の前に立った。

間口《まぐち》は横川に面している。

二人とも、大きく息を吸う。

さて、どうやって仁吉を口説《くど》き落とすべきか。

「仁吉どの、景気はどうですか」

暖簾を潜《くぐ》りしな、誠十郎は声をかけた。

「またしても、あんたたちかい」

帳場に座っていた仁吉が、帳面から顔を上げるなり、開口一番に言った。下膨《しもぶく》れのどす黒い顔にぎょろりとしたどんぐり眼《まなこ》。太った蝦蟇《がま》そっくりの顔に、苦虫をかんだような表情を浮かべている。

「仕事口だったら、ありませんからね」

突き放すように言うなり、帳面に目を戻してしまった。

一瞬、誠十郎と梶田は顔を見合わせる。

「そう冷たいことを申すな、昨日はめでたい天下祭だったではないか。口入屋なら、何か仕事口を探してくれ」

梶田が言った。

すると、仁吉がわざとらしく大きなため息をつき、帳面を閉じると、顔を上げた。

「不景気で、こちとら祭なんて気分じゃないんですよ。それに、いいですかい、おたくたちお侍ときたら、こっちがやっと世話した仕事口に、これは賃金が安すぎるとか、あれは仕事がきつすぎるとか、不平ばかり並べたてるじゃないですか。

挙句の果てには、このような下賤《げせん》な仕事をしては、武士の面目が立たん、ときやがる。まったく、冗談じゃないよ」

「仁吉どの、たしかに体裁のいい仕事や、賃金のよい仕事口がほしいのは山々ですが、今日ばかりは、そんな無理難題は申しませんから」

誠十郎も慌てて言った。

「いいや、おたくたちと関《かか》わるのは、金輪際ごめんだね」

と仁吉が言いかけたとき、

「おとっつぁん――」

帳場の背後の廊下から、ぴしゃりと声がかかった。

「うえっ」

仁吉が首をすくめる。

現れたのは、仁吉の一人娘のお鈴《すず》だった。

年のころは十七、八。

華奢《きゃしゃ》な体つきで、父親に少しも似ていない。

白猫のような目が、釣りあがっている。

「誠十郎様に、何てことを言うの。命の恩人なのよ。梶田様だって、そうじゃない」

「だって、おまえ、それと商売とは別じゃないか」

恐々と振り返った仁吉だったが、お鈴を見上げて言い返した。

だが、お鈴は、

「命と商売と、どっちが大事なの——」

と口にすると、二人に目を向け、

「誠十郎様、梶田様、どうぞお上がりください」

と帳場脇の小座敷へ手招きした。

「あっ、いや。お鈴どの、今日はゆっくりしておられんのだ」

梶田が手を振った。

そして、ふいに思いついた表情になり、続けた。

「実は、この竜巻が、少々困ったことになってな——」

「えっ、誠十郎様がどうかなさったのでございますか」

お鈴の顔色が変わった。

「梶田さん——」

驚いた誠十郎が口を開きかけると、梶田が手で制した。そして、

「昨日、この竜巻が人の好さにつけこまれて、金を騙し取られてしまったのだ。手元不如意のままでは、月末に店賃も払えるかどうかも分からん」

と言いながら、一瞬、振り返ると、誠十郎に目顔で知らせた。

俺に任せろ――

という顔付きである。

それで、梶田の意図が読めた。

誠十郎に気のあるお鈴を焚《た》き付けて、父親の尻を叩かせようという腹なのだろう。

だが、昨日のことを持ち出されて、誠十郎は真っ赤になった。

「まあ、そんなことがあったのでございますか」

「左様だ。むろん、俺にも非はある。困っている者がおると、助けずにはいられない竜巻が、その手の詐術に引っかからないように目を配るのが、友としての俺の役目だからな」

梶田が真面目《まじめ》ぶってうなずく。

「それは、さぞお困りでございましょう」

お鈴が、労《いた》わるような視線を誠十郎に向けた。

二人のやり取りに、誠十郎は小さくなるばかりである。

すると、仁吉がせせら笑った。

「俺に言わせりゃ、そりゃ、何とかに付ける薬はないって奴だね。詐欺ってものは、引っ掛かる方が間抜けなんだよ。馬鹿馬鹿しい」

途端に、お鈴がきっと顔を向けた。

仁吉の顔が痙攣《けいれん》する。

「おとっつぁん、そんな憎まれ口を叩いてもいいの。命の恩人がこれほどお困りなのよ、何とかして頂戴」

有無を言わせぬ目つきである。

四

誠十郎と梶田が吾妻《あづま》橋にさしかかったとき、対岸の浅草寺《せんそうじ》の鐘が鳴った。

五つ半（午前九時）である。

「それにしても、仁吉の奴、とんでもない仕事口を押し付けやがったな」

肩を並べて歩きながら、梶田が言った。

「場所のことですか、それとも、仕事の内容のことですか」

誠十郎は訊《き》き返した。

「両方だ」

お鈴に睨《にら》まれた仁吉は、渋々と帳面を開いたものの、これぞという仕事はなかなか見つからなかった。

だが、ふいに仁吉の手が止まり、ぎょろりとした目で二人を見た。

《ありましたぜ》

《どんな仕事だ》

咄嗟《とっさ》に、梶田が首を伸ばした。

《道灌山近くの店で、井戸掘りの手伝い——日雇いの助っ人を、昼までに集めてほしいって依頼でしてね》

うすら笑いを浮かべた仁吉の表情が、いまも誠十郎の脳裏に焼き付いている。

道灌山は日暮里《につぽり》の北に位置し、その名は太田道灌の城山があったことに由来する。

だが、春秋の遊山《ゆさん》にふさわしくとも、仕事で赴くにはあまりにも遠方だ。

深川からだと、まず二里（約八キロ）以上は歩かねばならない。

したがって、仕事は泊まり込みとなってしまった。

梶田は、お鈴に菊代への伝言を頼まねばならなかった。

加えて、井戸掘りという仕事である。

上総《かずさ》掘りの技術がなかったこの時代、掘り抜き井戸を掘るのは骨の折れる仕事だった。

しかも、費用が二百両ほどもかかる大工事で、分限者《ぶげんしゃ》でなければ井戸など持てないのだ。

ちなみに、上総掘りは、文化十四年（一八一七）頃から始まったと言われる。

割り竹の先端に、鑿《のみ》を付けた鉄棒を取り付け、竹の弾力を利用して地面を掘り抜き、その小孔に竹筒を差し込んで、取水するという技術である。

瓢簞長屋の井戸は、長大な木管や溝で川からの上水を引いた井戸だった。

井戸端で女たちが立ち話に花を咲かせるのは、上水が井戸に溜まるまで時間がかかったからにほかならない。

道灌山近くの井戸掘り仕事に、はるばる深川の恵比寿屋にまで依頼がかかったのも、仕事がきつくて、なかなか人が集まらないからだった。

それはさておき、二人にとっての懸念は、この炎天下である。

「暑いだろうし、きっと泥だらけになるぞ」

梶田が忌々《いまいま》しそうに言った。

「しかし、手間賃は馬鹿になりませんよ」

誠十郎は言い返した。

仕事は今日から二日間で、一人につき二両、すなわち、一日あたり一両にもなる。

下女の給金が、年に二両ほどという相場だから、当分食うに困らない。

「うーん、しかたがない。すべては菊代の半襟のためだ」

二人は足を速めた。

吾妻橋の上は、人の往来で溢れていた。

誠十郎は、川上へ目を向けた。

青々とした川面《かわも》が広がり、空には入道雲が立ち上っている。

はるか彼方《かなた》には、筑波山《つくばさん》の尖《とが》った頂も見えた。

橋を渡りきると、右手に浅草寺の甍《いらか》が見えてきた。

広小路は物凄《ものすご》い人出だ。

着飾った男女が行き交っている。

駕籠《かご》かきが通り過ぎる。

ずらりと屋台が並び、飴《あめ》屋に子供たちが群れていた。

田原《たわら》町の角で右へ曲がり、北を目指した。

だが、慶印寺の前を通り過ぎて、道が田地に差しかかると、いきなり人通りが途絶えた。

鎮守の森に囲まれた神社や、小さな寺がぽつりぽつりとあるだけとなった。

日よけの並木が続く道を、二人は蟬時雨《せみしぐれ》に打たれながら黙々と歩く。

「いかん、腹がへって死にそうだ」

下谷《したや》の辺りで、梶田がとうとう弱音を吐いた。

「ええ、喉《のど》も渇きましたね」

誠十郎も同感だった。

二人はうなずき合い、道端の茶店で早目の昼飯を摂った。

深川を出て一時（二時間）後、二人は、ようやく天王寺横の門前町に足を踏み入れた。

誠十郎も梶田も、手拭で汗を拭いながら目を瞠《みは》った。

道の両側に寺の堂宇が連なり、往来の人出は馬鹿にならない賑《にぎ》わいである。

あげ帽子を被《かぶ》った着飾った女たち。

絽《ろ》羽織の旦那衆。

それに、数知れぬ供の男や女中たちが、道をそぞろ歩きしている。

馬方《うまかた》や駕籠かきの姿が目立つことから、そうした乗り物でここまでやってきたのだろう。

茶店や休み処《どころ》が方々にあり、店前が掃き清められ、打ち水が撒《ま》かれていた。

「梶田さん、まるで温泉場にでも迷い込んだみたいですね」

誠十郎は思わず言った。

「参詣客だろう。この辺りに真宗のでっかい寺があると聞いたことがある」

二人は、店々の暖簾に目をやりながら歩いた。

仁吉から世話してもらった仕事先は、たしか《杉田屋《すぎたや》》という店である。

「すまん、教えてもらいたいことがあるのだが」

梶田が、通りかかった手代《てだい》風の中年男に声をかけた。

「へっ、何でございましょう」

「この辺りに杉田屋という店があると聞いたのだが、どこか存じておらんか」

「杉田屋さんでしたら、ほれ、この道をまっすぐに行った幸徳寺さんのご門前ですよ。ここらじゃ一番大きな店ですから、嫌でもお分かりになりますよ」

中年男は、《お上りさん》を見るような目つきで言った。

「左様か、かたじけない」

やがて二人は、幸徳寺の参道に面した一軒の料理屋の前に立った。

なるほど、たしかに大きな構えの店である。

表に四角い看板が出されており、《名代　御奈良茶飯　杉田屋》と書かれていた。

角店で、参道に面した表間口は十間《けん》（約十八メートル）ほどもあり、左側の道に続く上がり座敷は、その倍はあるだろう。

上がり座敷には膳がずらりと並べられ、老若男女の客たちが箸《はし》を使っていた。

この昼間から、酒を呑んでいる男客も少なくない。

胸をはだけて、赤子に乳に含ませている若い母親の姿もある。

それらの客の間を仲居たちが歩きながら、大きな土瓶で、客に茶をふるまっていた。

西向きの参道の先が上り坂となり、巨大な幸徳寺の山門が見えている。

二人は参道を左に折れると、さらに店の左横の路地へと足を踏み入れた。

井戸掘りとなれば、仕事場は裏庭あたりだろうと目星をつけたのだった。

杉田屋の裏庭は思ったよりも広く、四人の男たちが勝手先の地面を掘り始めていた。

「えっさ、えっさ――」

どの男も褌《ふんどし》一丁で、掛け声とともに鍬《くわ》を振るっている。

その男たちの傍らに、小太りの男が腕組みして立っていた。

もろ肌脱ぎに袖なしの法被《はっぴ》を身につけ、頭に鉢巻を締め、下はやはり褌一丁である。

達磨《だるま》のような厳《いか》つい顔立ちで、年は四十前後だろう。

「すみません。深川の恵比寿屋さんから紹介されて来たのですが」

誠十郎はその男に声をかけた。

「おたくさんたちお侍が、助っ人ですかい」

男は二人の頭の先から足元まで眺め、信じられないという顔付きになった。

「あっしは伊助《いすけ》って井戸掘り職人だが、ちゃんと分かってるんですかい、井戸掘りってものがどれほど骨の折れる仕事か」

「一応は、恵比寿屋のご主人から伺いました」

伊助は顔をしかめて首を振ると、言った。

「一人が穴の中でめいっぱい鍬を振るい、その泥や石を、もう一人が箕《みの》ですくい上げて、上から吊《つ》るした大笊《おおざる》の中に入れるんですぜ、それも休みなしにだ――」

「覚悟の上です」

「褌一丁になってもらわなきゃならないし、全身泥まみれになりますぜ」

誠十郎は梶田と顔を見合わせ、それから同時に力強くうなずく。

金を稼ぐのに、四の五の文句を言っていられる立場ではない。

伊助はまだ信じられないらしく、さらに説明を続けた。

大笊が泥で山盛りになると、穴の上に立っている男が渾身《こんしん》の力で手綱を引き上げて、傍らの大八車に泥を空けるのだという。

その合間に伊助が穴の中に降りて、孔壁に石組みをして補強し、さらに深く掘るのだ。

大八車が満杯になれば、二人がかりで近くの竹林へ捨てに行くという段取りである。

二日がかりで、最低でも十間（約十八メートル）は掘らねばならない。

水がでなければ、さらに掘るのだという。

「――しかも、四半時（三十分）ごとに持ち場は交代だし、飯と厠《かわや》以外、日暮れまでまず休みはなしですぜ。それでもいいんでしょうね」

「伊助どの、我ら二名、力仕事なら自信があります。どうか使っていただきたい」

誠十郎は頭を下げた。

梶田も慌てたように、ひとつ頼む、と拝む真似《まね》をした。

ついに根負けしたように、伊助はため息をついた。

「俺もこの仕事は長いけど、お侍と一緒は初めてだよ。だったら、おたくさんたちも、着物と袴を脱いで始めてもらいましょうか。きつい仕事だが、その分、手当は悪くねえと聞いているでしょう」

伊助は日焼けした顔に、白い歯を見せて笑った。

「やりますか」

誠十郎は袴の帯の紐《ひも》に手をかけて言った。

「やむを得んな」

渋い顔で梶田もうなずくと、帯の紐を解《ほど》きにかかった。

五

寺の鐘が暮れ六つ（午後六時）を告げた。

誠十郎は、薄暗い穴の中で鍬を振るっていた。

その横で民吉《たみきち》という若い男が、箕で泥を集めている。

二人とも、全身汗と泥まみれだ。

八つ半（午後三時）に杉田屋から茶と大福餅《だいふくもち》がふるまわれ、少しだけ休憩を取った以外、ずっと仕事を続けてきたので、誠十郎もさすがに腰が痛み、息が上がっている。

「それにしても、杉田屋というのは、大きな店ですね」

鍬を振りおろしながら、誠十郎は言った。

「なにせ、幸徳寺様のご門前にあるんですから、客足が絶える間がありゃしませんよ」

民吉が言った。

ともに汗を流せば、すぐに打ち解けるものである。

「幸徳寺とは、それほど参詣客が多いのですか」

「そりゃそうですよ。先代の公方様のご生母様が、深く帰依《きえ》されている寺ですからね」

　箕の泥を大笊に空けながら、民吉が答える。

「ご生母とは、月光院様のことですか」

「へえ。ご存じでしょう。月光院様のてて親ってえのは、浅草の唯念寺のお坊様だってことは。こちらのお寺のご門主様は、そのてて親と浅からぬ関係のお方だそうですぜ」

「なるほど、それでですか」

「しかも、月光院様は、この寺に金無垢《きんむく》の仏像をご喜捨《きしゃ》なされましてね。――だけど、杉田屋がここまで大きくなったのは、やはりここの主人の才覚でしょうかねえ」

「才覚――」

「左様でさ。茶の煎《せん》じ汁で炊きこんだ飯に、季節の野菜の煮物と香《こう》の物、それに豆腐汁という膳を、大盛りで十二文という破格の値で客に出したんですぜ」

「えっ、たった十二文ですか」

　驚く誠十郎に、民吉が深々とうなずいた。

「こいつが馬鹿当たりして、いまじゃ、幸徳寺詣《まい》りと杉田屋の茶飯が、一対になるほどの評判なんでさ。じきに夏祭で、その仏像のご開帳もありやすから、人出が増えますぜ」

「しかし、いくら売れても、十二文では、少しも儲《もう》けがないのではありませんか」

　民吉が鼻先で手を振った。

「いいえ、旦那、そこが商売人の抜け目のないところなんでさ。料理は味がいいものの、濃い味付けだから、男なら酒を注文したくなるし、女は甘いものや田楽《でんがく》がほしくなるんでさ。つまり、ほかのものを注文してくれるので、杉田屋に損はないっていう寸法ですよ」

　まるで自分の手柄のように、民吉は言った。

「なるほど、それは大した才覚だ」

「旦那も、今夜は、ここに泊まりなんでしょう」

「ええ、そうですが」

「だったら、茶飯をたらふく食えますぜ。むろん、余りものですけどね」

「それはありがたい。余りものでも、十分ですよ」

「酒が付きゃ、もっとありがたいんですがね」

二人は笑った。

そのとき、穴の上から伊助の声がかかった。

「おい、最後の交代だぜ」

「へえ」

民吉が答えた。

二人は穴から上がった。

代わりに、今度は伊助と若い男が降りてゆく。

石組みも、今日はこれで最後である。

「二人とも、喉が渇いたろう」

大笊を引き上げる役目の梶田が、水の入った柄杓《ひしやく》を誠十郎と民吉に差し出した。

「かたじけない」

「すんません」

口々に礼を言い、柄杓の水を飲み干す。

うまい――

それから誠十郎は民吉とともに、そばにある大桶の水を汲み、顔と体の泥を流した。

全身を手拭で拭ってさっぱりした誠十郎は、着物を着こんだ。

着物の袂《たもと》には、懐紙に包んだ大福餅が入っている。

食べずに残しておいたのである。

空が鮮やかな茜《あかね》色に染まり、すっかり涼しくなっていた。

誠十郎は、満足げに広い庭を見渡した。

勝手の左側に母屋が続いており、築山《つきやま》の手前に渡り廊下で続く離れがあった。

その離れの間の西側に池が広がり、池の先は五間（約九メートル）ほどの崖《がけ》で、その上にしもた屋の影が見えている。

表の方から、怒声と悲鳴が聞こえたのは、そのときだった。

考えるよりも先に、誠十郎の足が動いていた。

裏木戸から駆け出して表に回ると、明かりの灯った杉田屋の前に人だかりができていた。

「おい、これはどういうことなんだ」

「この店は、客に虫の入った煮物を出すのか」

道に面した上がり席で、四人組の浪人らしき侍たちが口々に怒鳴っている。

かなり酒を呑んでいるのだろう、いずれも顔が赤い。

その傍らで、仲居がお盆を胸に抱え込み、震えていた。

「申し訳ございません。――でも、うちの料理に虫が入るはずはありませんから」

「だったら、こいつは虫じゃないのか」

侍の一人が小鉢を持ち上げ、中から油虫をつまみあげ、仲居の顔に突きつけた。

「それは――」

仲居が泣き顔になった。

近くの席にいた女客たちが悲鳴を上げた。

「おまえでは話にならん。さっさと主人を呼べ」

大将格と思《おぼ》しき太った男が、唾を飛ばして怒鳴った。

と、そこへ羽織姿の中年の男が近づいた。

面長の顔で、眉の太い整った顔立ちだが、癇《かん》の強そうな気配がある。

「何か粗相がございましたでしょうか。杉田屋の主人でございます」

「やい、杉田屋。お前のところは、客に虫を食わすのか」

すると、主人は深々と頭を下げ、

「それは大変にご無礼申し上げました。新しい小鉢とすぐに取り替えさせますので、何卒お許しくださいまし」

「おい、他人様《ひとさま》にとんでもない無礼を働いておいて、おまえの挨拶《あいさつ》はそれだけか」

主人がはっとした顔つきになり、すぐに袂に手を入れ、紙包をそっと差し出した。

「お客様、これは少しばかりでございますが」

ところが、それを目にした浪人たちは血相を変えると、いっせいに立ち上がった。

「これは、一体何の真似だ」

「その、ほんのお詫《わ》びのしるしでございまして」

主人が口ごもる。

「下郎《げろう》、俺たちを強請《ゆす》り扱いするつもりか。もう容赦はならん」

太った浪人が怒鳴った。

ほかの三人が目の前の膳を蹴飛《けと》ばし、申し合わせたように刀を抜き放った。

無数の悲鳴が上がった。

周囲の客たちや仲居たちが、四方に逃げ出した。

無数の膳が倒れる。

茶碗が割れる。

子供が泣き出す。

「およしなさい」

誠十郎は思わず怒鳴った。

浪人たちが振り返る。

「何だ、おまえは」

「こちらで井戸掘りの仕事をしている者です」

「井戸掘りだと――」

浪人たちが、どっと笑い声を上げた。

誠十郎が丸腰だと気がついたのだ。

「日雇いの若造は、すっこんでろ」

「いいえ、引っ込みません」

周囲の人々が、固唾《かたず》を呑んで見つめている。

「ご主人が謝っておられるではないですか、刀を納めなさい。皆が迷惑します」

「きさま、俺たちに指図すると申すか」

「店の中で酔って抜刀するのは、油虫より迷惑です」

浪人たちの形相《ぎようそう》が変わった。
「なんだと――」
たちまち浪人たちが座敷から飛び降りると、誠十郎の周囲に殺到した。
人々がふたたび逃げ惑う。
悲鳴が飛び交う。
誠十郎は横へ移動しながら草履を脱ぎ棄《す》て、身構えた。
四方に屹立《きつりつ》した剣が、不気味に光る。
浪人たちの裸足《はだし》の足先が、じりじりと間合いを詰めてくる。
辺りが静まり、男たちの息づかいが聞こえた。
「たぁっ――」
声とともに、上段から冷徹な光が放たれた。
誠十郎は、瞬時に身を左に振った。
その刹那、振り下ろした浪人の右手首を摑み、体を巻き込むようにして投げた。
うぁっ。
浪人が音を立てて地面に転がった。
次の瞬間、刃が左斜めと右側から来襲した。

誠十郎は息を止め、右、左と身を傾けた。
ブン、という唸り。
皮一枚の至近を、風圧が斬り裂く。
間隙《かんげき》をつき、真横から剣が突撃した。
「食らえっ」
その一閃《いっせん》を、誠十郎は極限まで上体を反らしてやり過ごした。
だが、太刀の襲撃が途切れなく繰り出されてくる。
不吉な刃音が、身に迫る。
誠十郎は、上がり座敷際に追いつめられた。
一瞬、畳の大きな土瓶が目にとまった。
咄嗟に誠十郎は土瓶を手にし、刀を振りかざした浪人に向けて振り回した。
「ぐあっ」
土瓶の熱い茶を両腕に浴び、浪人がひるんだ。
そのとき、真っ向から切っ先が急襲した。
誠十郎は土瓶を投げつけた。
刃が、土瓶を真っ二つに斬り裂く。

陶器が左右に分かれ、浪人の顔に茶がもろに降り注ぐ。

「ぎゃあー」

刀を取り落とし、両手で顔を覆った浪人が、弾《はじ》かれたように昏倒《こんとう》した。

「下郎、もう許さんぞ」

太った浪人が手の刀を持ち替え、八双《はっそう》に構えた。

もう一人は正眼《せいがん》の構え。

そのとき、目の端を何かが駆け抜けた。

子供だ――

誠十郎の驚愕《きょうがく》と、太った浪人の動きは同時だった。

店から飛び出そうとした男の子を、浪人の太い腕が絡め取った。

「放せ――」

腕の中で男の子が足をばたつかせて、叫んだ。

「幸太《こうた》――」

背後で、杉田屋の主人が悲鳴を上げた。

「こいつは、おまえの倅か」

浪人が勝ち誇った笑みを浮かべる。

「おやめください、何でもいたしますから」
主人が跪《ひざまず》いた。
だが、浪人は、男の子の顔を無理やり誠十郎に向けた。
「さあ、どうする」
おっ――
誠十郎は思わず息を呑んだ。
その子に見覚えがあった。
誠十郎を騙した、あの《幸吉》に間違いない。
しかし、その《幸吉》が、どうしてここにいるのだ。
が、いまはそれどころではない。
子供の喉元へ、刃が向けられている。
「それでも侍か」
いきなり横手から声が掛かった。
梶田だった。
もろ肌脱ぎのまま、剣を八双に構えている。
二対二。

緊迫感が漲《みなぎ》る。
太った浪人の激しく上下する肩に、誠十郎は目を留めた。
しかも、梶田の太刀に視線を奪われ、子供に突きつけた刃がかすかに離れている。
隙がある――
誠十郎が跳躍しかけた刹那、
「やめい――」
いきなり野太い声が響き渡った。
「先生――」
太った浪人が顔色を変える。
もう一人も、構えを崩した。
誠十郎は声の方へ目を向けた。
遠巻きにしていた野次馬たちの中から、一人の侍が歩み出た。
六尺（約一メートル八十センチ）近い、長身痩軀《そうく》。
面長の面貌《めんぼう》も骨に肌が張り付いたように痩《や》せ、目ばかりが大きく、唇はひどく薄い。

尖った顎の左側に、一寸（約三センチ）ほどの刀傷がある。

年は、四十過ぎか。

薄藍の着物に灰色の絽羽織、それに黒の袴姿だ。

腰に両刀を差し、両袖に手を入れた体勢だが、まったく隙がない。

「藤間《とうま》、子供を放してやれ」

先生と呼ばれたその侍が近づき、凜《りん》とした声で言った。

「しかし、こいつらが――」

藤間と呼ばれた男は、強請り扱いの一件を言い立てようとした。

が、長身の侍は途中でそれを制した。

「貴公の憤慨は当然だ。が、そこらで勘弁してやれ」

藤間は表情を歪《ゆが》めたものの、やがて幸太を放した。

幸太は、すぐに主人の背後に駆け込んでしまった。

すると、長身の侍が、おもむろに主人へ向き直った。

「杉田屋、わしは千葉幡士郎《ちばはんしろう》と申す。市谷柳町《いちがや》で剣術道場の看板を掲げておる。

これらはわしの門人だ。だが、日頃わしが彼らに教えておるのは、剣の使い方だけではなく、鋼《はがね》の輝きのごとき侍の誇りだ。その誇りを曇らせるものが何か、おまえに分かるか」

　主人は真っ青な顔で、首を振った。

「いいえ、何でございましょうか」

「おまえたち商人が血眼《ちまなこ》になって稼いでおる金だ。その腐った金を詫びと称して、この者たちに差し出すことが、顔に泥を塗るに等しい所業と分からんのか」

　主人が、両手を地面についてひれ伏した。

「心得違いでございました。誠に申し訳ございません――」

　その様子を冷然と見下ろしていた千葉幡士郎が、ふいに誠十郎に目を向けた。

「若造、さっき井戸掘りと申したな」

「はい」

　気を呑まれた誠十郎は、素直に答えてしまった。

「出しゃばりが過ぎたぞ」

「しかし、皆が迷惑しておりました」

「この藤間たちとて、振り上げた刀の下ろしどころくらい、心得ておったろう。その方《ほう》が余計な手出しをしたせいで、引っ込みが付かなくなったのだ」

　その言葉に、梶田が身を乗り出した。

「何を言いやがる。子供を人質にしやがって、侍の誇りが聞いて呆《あき》れるぜ」

その梶田を、誠十郎は制した。

「梶田さん、もうやめましょう」

二人のやり取りに、千葉幡士郎の薄い唇の端が持ち上がった。

「面白い若造だ。さっきの身のこなしは柔術と見たが、名を聞こう」

「竜巻誠十郎と申します」

「覚えておくぞ」

千葉幡士郎はそう言うと、藤間たちを引き連れて立ち去ってしまった。

六

「本当に、ありがとうございました」

下座に座った老婆が畳に手をつき、深々と頭を下げて言った。

杉田屋の女隠居、お久《ひさ》である。

小柄で島田に結った髪は雪のように白く、皺の多い顔だが、目に愛敬がある。

その横で杉田屋の主人、長次郎《ちょうじろう》も頭を下げていた。

こちらは眉間に皺を寄せ、何か思い詰めたような表情だった。
床《とこ》の間《ま》を背にした誠十郎は、横にいる梶田とちらりと見交わした。
居心地が悪い。
杉田屋の奥座敷で、四人は対座しているのだった。
とうに日も暮れ、蠟燭《ろうそく》が明るく灯っていた。
二人の前には、なんとも豪華な膳が据えられている。
尾頭《おかしら》付きの鯛《たい》の焼物。
卵焼き。
鱧《はも》の吸い物。
酒までついている。
「もしも、竜巻様と梶田様のお助けがなければ、今頃どうなっていたことか」
お久が、また頭を下げた。
騒ぎが収まった後、彼女は、誠十郎と梶田を無理やりこの座敷へ連れてきたのだった。
一言、お礼を述べたいというのである。
「どうか、頭を上げてください。私はただ、ほかのお客たちの迷惑を見かねて、つい口出ししただけなのですから。それに、千葉という道場主が申していたように、もしかしたら私の余計なお節介のせいで、揉《も》め事を大きくしたのかもしれません」

誠十郎は困惑の表情を浮かべて、言った。

「いや、それは違うぞ」

と、梶田が横から口を挟んだ。

「千葉幡士郎はもっともらしいことを申したが、あの浪人たちは酒に酔って見境がなくなっておったのだ。放《ほう》っておいたら、間違いなく怪我《けが》人が出たはずだ」

お久もうなずいた。

「手前もそう思います。だいいち、あの虫の一件からして、腑《ふ》に落ちません。うちの板前たちが、油虫なんてものを見落とすわけがないんですから」

「だったら、あれは浪人たちが、わざと言いがかりをつけたとおっしゃりたいのですか」

誠十郎は言った。

「むろん、断言はできません。でも、そう疑いたくなる理由があるんですよ」

「理由──」

「最近、この店の周囲で、妙な出来事が続いておりましてね。それで、嫌な胸騒ぎがしていたところだったんです」

「妙な出来事とは、どのようなことですか」

「店先に犬の死骸《しがい》が捨てられていたり、夜道で仲居が妙な男たちから絡まれそうになったりと、数え上げればきりがありません」

「しかし、あの者たちは、何のために言いがかりをつけたのでしょう」

　お久は首を横にした。

「よく分かりません。――でも、もしかすると、この店が繁盛しているのに目をつけて、乗っ取るつもりなのかもしれません」

「乗っ取るですって」

「へえ。一月ほど前、浅草の料理屋の番頭と称する男が参りまして、居抜きでここを買いたいと申しました。むろん、お引き取り願いましたが、それからなんですよ、妙なことが起こり始めたのは。――もっとも、うちは北町奉行所の同心の旦那と昵懇《じっこん》の間柄ですし、ご近所でそのことを知らない者はおりませんから、滅多なことで、手出しできるはずもありませんけど」

「なるほど」

誠十郎はうなずいたとき、昨日のことも話すべきだ、と思いついた。

「ときに、お久どの、杉田屋どの、実は、ご子息のことで、お話ししたいことがあるのですが――」

誠十郎は、自分の身に起きたことをありのままに告げた。

「幸太が、でございますか」

お久の顔色が変わった。

長次郎も顔をしかめ、唇を嚙み締めている。

「しかも、そのとき、目鼻立ちの細い、十二、三歳ほどの女の子と一緒でした」

お久と長次郎が顔を見合わせる。

すぐに、お久が苦しげな声で言った。

「それは妹のおゆうに違いありません。――竜巻様、重ね重ね、本当に申し訳ございませんでした」

だが、長次郎は黙って頭を下げるだけだった。

誠十郎は内心、首を傾げた。

この座敷へ通されて以来、口を開くのはお久ばかりである。

その誠十郎の怪訝な表情に気が付いたのか、長次郎が慌てたように口を開いた。

「こ、これは失礼致しました。いま、幸太とおゆうを呼んで参りますので、こちらでお待ちください。二人からちゃんと詫びをいたさせますので」

「いや、詫びなど、もうよいのですから――」

誠十郎は腰を浮かした。

だが、長次郎は立ち上がると、さっさと座敷を出て行ってしまった。

唖然《あぜん》となった誠十郎が顔を戻すと、お久と目が合った。

渋い表情である。

「竜巻様、いまのあれをご覧になって、さぞご不審でございましょうね」

「いったい、どうなさったのですか」

「倅があんなふうになったのも、幸太やおゆうがとんでもないことを仕出かしたのも、根が一つなんですよ。と申しますのも、二年前、倅の嫁が亡くなったことが発端でした――」

お久は俯《うつむ》き加減のまま、語り始めた。

長次郎の女房は、三十路《みそじ》前という若さだったという。

当然、母親に死なれた幸太とおゆうは、ひどく悲しんだ。

長次郎が商売ばかりに顔を向けて、子供のことを少しも気にかけない父親であったから、二人の嘆きはなおさら深かった。

ところが、この五月に、長次郎が後添えを貰ってしまったのだ。

しかも、二十を一つ過ぎたばかりの若い女だった。

幸太とおゆうがぐれ始めたのは、その頃からだったという。

「これまでも、方々で悪戯を仕出かして、何度もねじこまれ、そのたびに私が叱りつけたのですが、二人は少しも言うことを聞いてくれません」

お久が肩を落とした。

「杉田屋どのは、どうして二人に悪さをやめさせようとしないのですか。父親がぴしゃりと釘を刺せば、あの年頃なら、言うことを聞くでしょう」

「それが、長次郎はこのところ気鬱《きうつ》で、子供たちに構っているどころじゃないんです。しかも、じきに幸徳寺様のお祭も迫っていて、その前日から檀家の束ね役として、夜っぴてお勤めしなけりゃならないっていうのに、本当に困ったもんです」

「何か、仔細《しさい》がおありなんですか」

誠十郎の問いに、お久は口を開きかけたものの、黙り込んでしまった。

他人にたやすく話せるような事柄ではないらしい。

そこへ長次郎が戻ってきた。

幸太とおゆうの襟首を摑んでいる。

「さっ、二人とも手をついて、竜巻様にお詫びしなさい」

畳に突き放されたものの、二人ともふくれっ面のまま黙っている。

業を煮やしたのか、長次郎が言った。

「いい加減にしないと、一晩、納屋に閉じ込めるぞ」

「杉田屋どの、二人と話をさせていただけませんか」

誠十郎は見かねて言った。

長次郎は大きく息を吐くと、渋々とうなずいた。

七

「さあ、これをお食べ」

誠十郎は懐紙に包んでおいた大福餅を取り出し、幸太とおゆうに差し出した。

「こんな刻限だ、すっかり腹がすいただろう」

だが、縁側に足を投げ出した幸太とおゆうは、口を開こうとしない。

三人は、奥座敷から少し離れた廊下の隅にいるのだった。

二人の横顔を、誠十郎は見つめた。

月明かりを浴びたその顔には、まだ幼さが残っている。

少しだけ大人びながら、傷つきやすい心を秘めた年頃だ。

この時期ほど、親の情愛が必要なときはないかもしれない。

「そうやってふて腐れているのは、淋《さび》しいからなんだろう。だから、わざと悪さをして、父親を困らせてやろうとした、そうではないのか」

誠十郎は二人に話しかけた。

二人は無言のままだ。

「おまえたちの気持ちは、私にも分かる――」

自然に口をついて出た言葉だった。

すると、幸太が怒ったような目で誠十郎を睨んだ。

「他人に、分かってたまるかい」

「いいや、分かるさ。――私も九つのときに、父上に死に別れたのだ」

幸太の目から、刺すような光が薄れた。

おゆうも振り返った。

「父上は口数の少ない人だった。しかし、私に柔術を教えてくださったのだ。稽古をつけてもらうことで、私は父上と言葉を交わしていたのだと思う。だから、父上が亡くなったとき、私は言葉をかけてくれる大事な人をなくしたと感じたものだ」

「それでも、おっかさんがいるんじゃない」

おゆうが言った。

細めた目に、涙が光っている。

誠十郎は静かに首を振る。

「母上も、私が十一のときに亡くなった。決して人の道から外れてはならないと教えてくださった母上だ。だから、母親に死なれたおまえたちの悲しみが、私には分かる――」

知らぬ間に、誠十郎の目も潤んでいた。

「――ごめんよ」

幸太がふいに頭を下げた。

「ごめんなさい」

おゆうも涙を流しながら言った。

二人の様子に、誠十郎は胸を撫で下ろした気分だった。

「よいよい、昨日のことは、これで綺麗《きれい》さっぱり水に流すとしよう。その代わり、二度と過《あやま》ちを繰り返してはならないぞ。――さっ、これをお食べ」

誠十郎が差し出した大福餅を目にして、幸太とおゆうは顔を見合わせた。

それから同時に手を伸ばすと、大福餅を手づかみにして、二人は食べ始めた。

「どうだ、うまいか」

誠十郎は笑った。

洟《はな》をすすりながら、二人は笑みを浮かべた。

「竜巻様――」

そのとき、背後から声がかかった。

振り返ると、少し離れた廊下にお久が立っていた。

「お久どの」

誠十郎は慌てて目頭を押さえた。

「二人をお許しいただき、本当にありがとうございました。この子たちが仕出かしたことは、私にも責任があります。昨日、二人を連れて本所の妹を訪ねました。私が妹と話し込んでいるすきに、悪さをしてしまったんです。騙し取った百文は、私からお返し申し上げます」

お久は深々と頭を下げた。

だが、顔を上げた彼女の表情は、少しも変わっていなかった。

そして、思い切ったように口を開いたのである。

「竜巻様、さっき長次郎の気鬱の理由をお尋ねになりましたよね。あのときは倅の恥と思い、口にできませんでした。けれど、店の大事をお助けいただいたうえに、幸太やおゆうにまで親身になってくださった竜巻様には、恥を忍んで申し上げます。ひと月前に嫁いできたお芳《よし》に、ときおりつくんですよ」

「何がつくんですか」

「狐《きつね》です――」

八

「狐が憑《つ》くとは、いったいどういうことですか」

奥座敷に戻った誠十郎は訊かずにはいられなかった。

梶田も驚きの表情を浮かべている。

長次郎の姿はない。

幸太とおゆうのところへ行ったのである。

「真夜中近くになると、魂が抜けたようになって、寝床を抜け出すんですよ」

お久が、眉間に皺を寄せて言った。

よほど困り抜いていたに違いない。

ことが《狐憑き》では、昵懇という同心に相談するわけにもいかないのだ。

だからこそ、店の危難を救い、孫に誠意を示した誠十郎に、一縷《いちる》の望みをかける気になったのだろう。

「しかし、お久どの、夜中に手水場《ちょうずば》に立つことくらいあるでしょう」

誠十郎は信じられなかった。

「いいえ、竜巻様、はばかりへ行くだけなら、こんなに心配なんかしませんよ」

「はばかりじゃないんですか」

へえ、とお久はうなずき、開け放たれた庭先へ顔を向け、

「あそこの離れが倅夫婦の寝所なのですが、二日前の晩、倅は、寝床からお芳が抜け出したことに気がついたんだそうです。ところが、いつまでたっても戻ってこないじゃありませんか。痺《しび》れを切らした長次郎は、廊下に出てみたんだそうで

す。すると、雨戸が開けっ放しになった廊下の隅に、浴衣姿のお芳がつっ立っていて、解き髪を垂らしたまま、恨めしそうに池の方をじっと見つめていたんだそうです」

　誠十郎と梶田は、思わず池の方へ目をやった。

　池の水面《みなも》が、月明かりで鏡のように光り、その先の崖の上に、しもた屋が見える。

「夜風に当たっていたのではないのか」

　梶田が横から言った。

「いいえ、あの晩は風なんか吹いていなかったと、長次郎が申しておりました。しかも、ご覧のように、池の向こうは苔《こけ》むした崖があるばかり。その上に建っているのは幸徳寺様の建物や、隣のしもた屋だけなんですよ」

「もしかすると、通夜が行われていて、寺に人が出入りしていたのかもしれんぞ。それを眺めていたとは考えられんのか」

　お久がまた首を振った。

「お寺さんなんてものは、たいてい静まり返っていますから、通夜でも葬式でも、そんな気配があれば、私が気が付きますよ。けど、あの日はどちらも行われていませんでした」

「しかし、その程度のことで、お芳どのに狐が憑いているというのは、いささか大袈裟《おおげさ》ではありませんか」

誠十郎は、まだ信じられない気持ちだった。

そこなんですよ、とお久が身を乗り出した。

「長次郎が廊下に立っていたお芳の肩に手を触れると、夢から覚めたみたいに吃驚《びっくり》した顔になったんだそうです。しかも、倅が、なぜそんなことをしているのかと訊くと、お芳は物も言わずに寝床に戻り、布団を頭から被ってしまい、何一つ話そうとしなかったんです」

誠十郎は、梶田と顔を見合わせた。

お久が続けた。

「もちろん、これだけなら、嫁が寝ぼけたと、私も笑ってやり過ごしたはずです。お芳は、以前、巣鴨《すがも》原町にあった池屋《いけや》という筆屋の娘でしてね。とびきりの器量よしですし、気立てもいいし、言うことなしなんですから。しかも、お芳は、離れの廊下からの眺めが気に入ったらしく、嫁入り後、しばしば池の方を眺めていることがあったんです。ところが、竜巻様、昨日の晩、長次郎が丑三《うしみ》つ時《どき》に目を覚ますと、またしてもお芳の布団が空になっていたんですよ。しかも、母屋はむろん、店の中までくまなく探したものの、どこにも姿がなかったんだそうです。それで、倅はまさかと思い、表戸の方を見回ってみると、お芳の履物がなくなっており、潜《くぐ》り戸の閂《かんぬき》が開いているじゃありませんか」

「そんな夜更けに、お芳どのは寝間着姿で外へ出たとおっしゃるんですか」

お久がうなずく。

「血相を変えた長次郎は、提灯《ちょうちん》を手にして慌てて外へ飛び出したんだそうです。けれど、店の周囲にも、幸徳寺様の参道にも、人影はありません。そうこうしているうちに、倅は前の晩のことを思い出し、幸徳寺様の方へ行ったのかもしれないと考えたのだそうです。境内へは、店の横手の路地からも行けます。倅は提灯の明かりを頼りに、路地をたどりました。すると、道の向こうから、お芳がふらふらと歩いてくるじゃありませんか」

「どこへ行ってきたのか、問いただしたのだろうな」

梶田がそう言った途端、お久は黙り込んだ。

そして、上目遣いに言ったのである。

「何も覚えていない、そう繰り返すばかりだったそうです」

梶田が黙り込んでしまった。

だが、誠十郎は、いまの話で得心がいった。

長次郎の気鬱の原因は、お芳の《狐憑き》なのだ。

だから、彼には幸太とおゆうの心の叫びが、少しも耳に入らないのだろう。

このまま原因を解決しなければ、あの子たちは本物のひねくれ者になってしまう。

誠十郎は、思わず言った。

「お久どの、不躾《ぶしつけ》ながら、お芳どののこと、私に調べさせてはもらえませんか」

お久が、驚きの表情を浮かべた。

誠十郎は身を乗り出した。

「他人が、しゃしゃり出るべきことではないと承知しています。しかし、杉田屋どのの気鬱は、お芳どののことを解決しなければ、この先も続くでしょう。商売に差し障りがあるでしょうし、何よりも、幸太やおゆうのことが気がかりです」

考え込んだお久だったが、やがて頭を下げた。

「そこまでおっしゃってくださるのなら、竜巻様、この通りよろしくお願い申し上げます」

九

かすかに虫の音が響いている。

月明かりは青白く、夜空の雲の流れが速い。

「おい、竜巻、いつまで待つつもりなんだ」

梶田が囁《ささや》いた。

蚊に食われたのだろう、しきりと左肘《ひじ》を掻いている。

「あと少しで、子《ね》の刻（午前零時）です。それまで待ってみましょう」

誠十郎も声を殺して答えた。

二人は杉田屋の脇にしゃがみこんでいた。

幸徳寺の山門寄りの、路地の際である。

《狐憑き》となったお芳が、何をしているのかを確かめるために、張り込んでいるのだった。

「しかし、竜巻よ、おぬしも本当に物好きだな。どうして、そこまで他人の厄介事に首を突っ込むのだ。井戸掘りの仕事で、ただでさえ体のあちこちが痛いのに、寝ずの番を買って出ることはないだろう。だいいち、ここの子供たちに騙されて、懲りたのではないのか」

梶田が、今度は首筋を掻きながら、ぶつぶつと呟《つぶや》く。

「騙し取られた百文でしたら、お久どのから弁償してもらいましたから、私に損はありません。それに、物好きと言いますけど、梶田さんだって、現にこうして、私に協力してくれているじゃないですか」

誠十郎は笑いを浮かべて言った。

「俺は、おぬしの目付け役だ。ちょっとでも目を離すと、おぬしはどんな難事を抱え込むか分らんからな」

えへん、と梶田が咳払《せきばら》いする。

そのとき、かすかにもの音がした。

「しっ、誰か来ます」

誠十郎は、梶田に囁いた。

表戸を締め切った杉田屋の潜り戸が、少しずつ開いてゆく。

開いた潜り戸から、音もなく白いものが現れた。

「げっ」

梶田が、思わず自分の口を押さえた。
薄手の浴衣を身につけた若い女だった。
青白い月光を浴びて、瓜実顔《うりざねがお》が浮かび上がる。
だが、表情が一切なく、さながら能の小面《こおもて》である。
「おい、あれが、お芳じゃないか」
梶田が小声で言った。
誠十郎はうなずく。
見ると、お芳が店の左側の路地へと曲がった。
二人は立ち上がりかけた。
そのとき、木戸からもう一人、人影が飛び出した。
「まずい」
二人は身を屈《かが》めた。
長次郎だった。
彼も、お芳のあとをつけようと考えたのだろう。
ふいに月明かりが翳《かげ》って、辺りに闇《やみ》が落ちた。
雲が月を隠したのだ。

誠十郎と梶田は慌てて二人を追った。

杉田屋の横手の道を進むと、その先は上り坂になっていた。

崩れかけた練塀《ねりべい》や生垣を手探りしながら、星明かりを頼りに長次郎の背中を探した。

「畜生っ、いったいどこへ行きやがった」

梶田が囁いた。

「土地勘がないと、人をつけるのは難しいですね」

誠十郎は目を凝らしながら答える。

「しかし、妙だな。この夜更けに、行く当てなどないだろう」

「誰かと、待ち合わせているのかもしれません」

「つまり、逢引《あいびき》か」

誠十郎はうなずく。

若女房への嫉妬《しっと》と考えれば、長次郎の気鬱の理由も筋が通る。

かすかに雲が切れ、月光が差した。

長い坂を上りきった辺りで、先を行く二つの影が目に留まった。

お芳らしき影が、ふらついている。

身を屈めるようにして、周囲を窺《うかが》っているらしい。
そのとき、誠十郎の耳に途切れ途切れに、か細い女の声が聞こえてきた。
「――さん、――さん」
お芳が、誰かの名を呼んでいる。
そのとき、ふいに妙な物音が響いた。
くぐもった赤ん坊の泣き声のような音だった。
誠十郎は背中に鳥肌が立った。
人が絞め殺されるときの声にも聞こえるのだ。
月明かりがお芳を照らしたのは、そのときだった。
糸の切れた操り人形のように、その体が地面に崩れ落ちた。
長次郎が駆け寄った。
「お芳、お芳――」
長次郎の悲痛な声が響き渡った。
誠十郎と梶田は、慌てて二人のもとへ駆けつけた。
長次郎の腕の中で、お芳は気を失ったようにぐったりと横たわっていた。
「あなたたちは――」

長次郎が誠十郎たちに気がつき、目を瞠った。

「お久どのから話は伺いました。お芳どのは、どうなさったのですか」

「何でもありません」

長次郎は顔色を変え、慌ててお芳を隠すようにした。

「何でもないことはあるまい」

梶田が言った。

「放っといてください。これは私とお芳だけの問題なんだ」

怒ったような表情になると、長次郎は顔を背けてしまった。

梶田が呆れた表情を浮かべた。

誠十郎も顔をしかめた。

長次郎は、お芳のことで頭が一杯なのだ。

誠十郎は周囲を見回した。

人影はない。

さっきの奇怪な物音は何だろう――

そのとき、誠十郎は別のことに気が付いた。

乾いた地面に、点々と黒いものが落ちている。

彼は指先でそれに触れた。
湿った土だった。

十

翌日の夕刻――
誠十郎と梶田は肩を並べて、吾妻橋を渡っていた。
井戸掘りの仕事は、無事に終わった。
見事に水が出たのである。
ほどよい疲れと満足感、それに懐に二両もの金があった。
だが、二人とも腕組みしたまま、黙りこみがちだった。
仕事帰りの職人たちや女たちとすれ違う。
夕焼け空を、二羽の鴉《からす》が鳴き交わしながら飛んでゆく。
川面を、荷舟が波音を立てて走っていた。
「しかし、信じられん」
川風に鬢の毛をほつらせながら、ふいに梶田が呟いた。

「私もです」

誠十郎もうなずく。

「狐が憑くなんてことが、本当にあると思うか」

「ひどい悲しみや、恐ろしい出来事を経験したとき、人は気がふれて、別人のようになると聞いたことがあります」

「しかし、昼間、お芳は普通なのだぞ。ところが夜になると、人が変わり、外を歩き回るのだ。しかも、自分ではそのことを覚えていないときやがる」

昨晩、坂道で気を失ったお芳は、長次郎に抱きかかえられて杉田屋へ戻った。

そして、ほどなく目を覚ましたのだった。

だが、長次郎やお久が何を訊いても、覚えていない、と真顔で言い張ったのである。

誠十郎をはじめ、その場の人々が目を丸くしたことは言うまでもなかった。

だが、彼は訊かずにはいられなかった。

《あなたは、誰の名前を呼んでいたのですか》

すると、一瞬、お芳が誠十郎に目を向けた。

その目に、敵意に満ちた光があったことも覚えている。

その後、お久が誠十郎に縋《すが》りつくような視線を向けたものの、彼は頭を下げることしかできなかった。

お節介な申し出をしたくせに、何一つ解明できなかったからである。

それにしても、あの赤ん坊の泣き声のようなものは、いったい何だったのか。《狐憑き》どころか、妖怪変化《へんげ》までが飛び出してきたような按配《あんばい》である。

しかも、誠十郎が気になったことがほかにもあった。

お芳を、愛《いと》おしくてならないという長次郎に対して、意識を回復した彼女は、言葉遣いも態度も、どことなく他人行儀だったのだ。

杉田屋に嫁いで、ひと月しか過ぎていないせいだとは思えなかった。

二人は、どのような経緯で知り合い、祝言《しゅうげん》を挙げたのだろう。

たしかお久は、お芳が、池屋という筆屋の娘だと話していた。

「まあ、終わったことだ。忘れようぜ。それよりも、暑気払いに一杯やろうじゃないか」

梶田が憂さを払うように、両手で顔を洗うように撫でた。

「いいえ、忘れられません」

誠十郎は言った。

途端に、梶田が顔を向けた。

「おい、それがおぬしの悪い癖だぞ。たしかに、おぬしはお久の苦境を見かねて、お芳のことを調べようとした。だがな、人にはできることと、できないことがある。おぬしがいかに柔術の達人でも、人の心に住み着いた狐を退治することはできまい。いいや、俺にだって無理さ。お芳に同情したい気持ちは分かるが、あとは医者にでも任せようぜ」

「いいえ、梶田さん、私は同情だけで言っているのではありません」

「何が、それほど気になるのだ」

「心に住み着いた狐と言いましたけど、本当にそうでしょうか。だって、お芳どのは誰かの名前を呼んでいたんですよ。そして、そのとき気味の悪い泣き声がして、彼女は気を失った。ほら、いたってまともな反応だと思いませんか」

「だったら、お芳が正気だと言いたいのか。そんな女が寝間着姿で夜道をうろついたりするかな。年増《としま》女ならいざ知らず、ひと月前に祝言を挙げたばかりの若女房なんだぞ」

「そこなのです、妙なのは」

お芳をそれほどまでに急きたてるものとは、いったい何だろう。

誠十郎は一つのことを思い浮かべていた。

倒れこんだお芳のそばの地面に落ちていた、湿った土のことである。

第二章　怪異と噂

一

翌朝。
全身の筋肉痛で、誠十郎は目を覚ました。
苦笑いが浮かぶ。
やれやれ、井戸掘りは柔術の稽古《けいこ》よりも堪《こた》えるか――
首を回すと、すでに腰高障子の外が明るい。
雀《すずめ》の囀《さえず》りと、蟬《せみ》の鳴き声も聞こえる。
いかん、寝坊してしまった――
誠十郎は布団を跳ね上げるようにして起きた。

障子を開けて井戸端へ行き、顔を洗い、口を濯いだ。

少し伸びた鬚《ひげ》も、丁寧に剃刀《かみそり》を当てた。

「おやおや、竜巻さん、今日はやけにごゆっくりだね」

二軒隣の戸口から、お国が顔を出した。

茗荷《みょうが》を山盛りにした目笊《めざる》を手にしている。

「おはようございます。昨日と一昨日《おととい》、道灌山近くで井戸掘りの仕事をしたせいで、寝過ごしてしまいました」

手拭《てぬぐい》で顔と手を拭《ふ》きながら言った。

「そりゃ大変だったろう。でも、井戸掘りなら、いい稼ぎになったんじゃないかい」

「ええ、しばらくぶりで豊かな気分です。これでやっと店賃も払えます」

「梶田さんは、とっくに道場に出かけたよ。竜巻さんも、柔術の指南に行かないのかい」

「私が道場のお手伝いをするのは、一日、十日、二十日ですから」

「そうか、今日は十八日だったたね。――そうだ、竜巻さん、茗荷は好きかい」

「ええ、大好きです」

「だったら、十ばかり持っておいきよ」

「ありがとうございます」

「いいんだよ。旬のものを食べなくちゃ、力が出ないよ。夏祭はまだ方々であるし、それが終われば、じきにお盆だから、酒樽《さかだる》の配達の仕事も忙しくなるだろうしね」

お国は、誠十郎の日雇い仕事のことも知っているのだ。

長屋暮らしというものは、隠し事のできないものである。

だからこそ、人々が助け合いながら生きている。

貧しくとも、人々の心は、他人を思いやることができるほど豊かなのだ。

誠十郎は改めて頭を下げた。

部屋に戻り、貰《もら》ったばかりの茗荷の半分で、味噌汁を作る。

あとの半分は昆布とともに塩漬けにした。

そうやって手を動かしていたとき、腰高障子の外から声がかかった。

「御免くださいまし――」

「どなた様でしょうか」

「小松《こまつ》様のお使いの者にございます」

誠十郎は障子を開けた。
矢絣《やがすり》の小袖《こそで》姿の女中が立っていた。
色の白い、二十歳過ぎほどの女性である。
女は一礼すると、
「これを手渡すようにと申し付かりました」
と手紙を手渡し、それではこれで、とすぐに帰った。
障子を閉め、部屋で正座した誠十郎は、手紙を開いた。
《目安箱改め方の件、これあり候》
書かれているのは、それだけである。
誠十郎の顔色が変わった。
彼は慌てて朝餉《あさげ》を摂った。
そして袴《はかま》を手にすると、すぐに立ち上がった。
だが、身繕《みづくろ》いを急ぐ誠十郎の手が、ふと止まった。
お国の言葉が、脳裏に甦《よみがえ》ったのである。
《じきにお盆だから――》
脳裏をかすめたのは、真崎京之介《まざききょうのすけ》のことだった。

この五月に、富樫道場での指南の帰路、誠十郎は闇討《やみう》ちに遭ったのである。からくも相手を返り討ちにしたものの、それが真崎京之介だった。

彼の父親は、義父竜巻順三と同僚だったから、以前より誠十郎とは顔見知りでもあった。

しかも、京之介の妹の千恵《ちえ》を、誠十郎は想《おも》っていたのだ。

この一件の直後、義父竜巻順三は、何も言い残すことなく切腹して果てた。

結果として、誠十郎は義理の兄康之《やすゆき》から命を狙《ねら》われる身となり、千恵との間も切り裂かれてしまった。

五月雨《さみだれ》の凶事以降、誠十郎は千恵とまともに言葉を交わしていない。

しかも、京之介が襲撃してきた理由は、いまもって判明してはいないのだ。

とはいえ、千恵の兄を死に追いやったのは、紛れもなく誠十郎である。

千恵どの――

瓜実顔が脳裏に浮かぶ。

彼はため息をついた。

そろそろ、墓に参らなければ――

だが、いまは急がねばならない。

誠十郎は袴の紐《ひも》を結んだ。

瓢簞長屋を飛び出した誠十郎は、新大橋を渡った。

浜町河岸を横切り、神田に足を踏み入れる。

長谷川町から、新乗物町へと抜けた。

室町《むろまち》や大伝馬町《おおでんまちょう》も近い、江戸でも指折りの賑《にぎ》やかな界隈《かいわい》である。

だが、誠十郎の頭の中は、しんと静まり返っていた。

目安箱改め方――

誠十郎の隠された役目だった。

その重みが、周囲の喧噪《けんそう》を、意識から遠ざけていたのである。

一足ごとに、緊張感が高まってゆく。

誠十郎は人波を避けながら、神田鍛冶《かじ》町の通りを抜けて、昌平《しょうへい》橋の手前で幽霊坂に入った。

太田姫稲荷に近いこの辺りは、大身《たいしん》から中程度の大名や旗本の屋敷の多い界隈である。

雁木坂《がんぎざか》（現在の神田駿河台《するがだい》）に面した一つの屋敷の前で、誠十郎は立ち止まった。

手拭を取り出し、額と首筋の汗を拭った。

誠十郎は棟門《むなもん》を見上げ、それから屋敷の裏手の勝手口に回った。

勝手の板戸を叩いた。

「御免ください――」

すぐに「賄《まかな》いの筋ですか、それとも小間物の御用でしょうか」と女の声がした。

「竜巻誠十郎と申します。ご用人の小松様の御用でまかり越しました」

誠十郎は言った。

「しばらくお待ちください」

声が返って来た。

やがて、戸が開くと、そこに小松門左衛門《もんざえもん》の大きな顔があった。

小松は、加納久通の用人である。

誠十郎が《目安箱改め方》であることを知っているのは、久通のほかに、この男だけだ。

六十代半ばの、太った老人である。

「竜巻どの、殿がお待ちでござるぞ」

「はっ」

誠十郎は木戸をくぐった。

二

上座から声がかかった。

「面を上げよ」

「はっ」

誠十郎は顔を上げた。

床の間を背にして、加納久通が端坐《たんざ》していた。

斜め左に、小松門左衛門が窮屈そうに座っている。

三人は、雁木坂の屋敷の奥座敷で対坐していた。

「竜巻、新たな下知じゃ」

久通がそう言うと、小松が膝《ひざ》を進めて、誠十郎に一通の訴状を差し出した。

彼は一礼して受け取ると、おもむろに開いた。

目安箱に投ぜられた、幸徳寺の檀家衆の訴状だった。

「どう思う、その文面」

加納久通が、厳しい表情のまま言った。

「はい、栄如という僧の破戒の噂《うわさ》を、檀家たちが腹にすえかねて、直訴に及んだものと見ましたが、具体的な事実は何一つ書かれておりません」

「その通りだ。通常、噂だけでは幕府は動けん。だが、捨ておけんのだ」

「どうしてでございますか」

久通はその質問には答えず、身を乗り出して言った。

「栄如がいかなる僧か、その方は存じておるか」

「いいえ、不明にして、僧や寺のことには精通しておりませんので」

「月光院様が深く帰依されておられる名僧なのだ」

月光院という名を耳にして、誠十郎は、まさかと思った。

「もしや、この幸徳寺とは、道灌山の近くにあるあのお寺でございますか」

「どうして、それを――」

「お恥ずかしい話ながら、その近くの茶屋で日雇いの仕事をしたばかりでございます。そのおり、ともに仕事をした者より、そのような話を耳にいたしました」

誠十郎は赤面した。

「奇縁だな。――それはともかく、栄如は、幕府にとっても大事な存在なのだ」

「何ゆえでございますか」

「幸徳寺の栄如は、門徒衆からひときわ尊崇を集めておる。わしが町奉行に命じて調べさせたところでは、世間では、阿弥陀の生まれ変わりと信じられておるほどだそうだ。関八州《かんはっしゅう》をはじめ、全国から幸徳寺へ参詣《さんけい》する人波が絶えることもないらしい。しかも、この栄如、徳川幕府と公方《くぼう》様の安泰を何よりも念じておる」

誠十郎は、久通の言わんとするところを理解した。

多くの人々が帰依する栄如が、幕府と将軍の安泰を願うならば、それはすなわち、人々の思いにもなってゆくはずである。

その栄如を破戒僧と誹謗《ひぼう》する噂が流れていると、訴状は告げているのだ。

たしかに、不穏な気配を孕《はら》んでいる。

だが、たかが噂だけで、久通ほどの人物が動くとは――

その疑念を読んだかのように、久通が視線を向けた。

「むろん、一つ二つの噂だけならば、わしもさほどの心配はせなんだ。だが、探らせてみると、幸徳寺の周囲では、同じような聞き捨てならない噂が無数に流布しておる。しかも、来《きた》る六月二十二日に、幸徳寺で法式が執り行われることになっておるのだ。その席には月光院様のお使いの方を含めて、幕府のお歴々も参加なされる。さらに同日、幸徳寺の仏像がご開帳になり、法会《ほうえ》に参集する群衆の数は尋常ではないそうだ」

「しからば、そのときに、何か事態が起こると、そうお考えなのでございますか」

「それを、その方に調べてもらいたいのだ。この噂の背後に、いかなる企てがあるのか、あるいは何もないのか。あるとすれば、誰がどのような目的で、何を仕出かそうとしておるのか。これが今回のお役目ぞ」

力のこもった声がかかった。

「はっ」

誠十郎は平伏した。

すると、再び声がかかった。

「ときに、さきほど日雇い仕事をしたと申したな」

「はい、申しました」

誠十郎は顔を上げた。

久通の表情が柔らかくなっていた。

「それで思い出したのだが、その方、この五月の働き、まことに見事であったぞ」

それは目安箱改め方として、誠十郎が初めて手掛けた一件のことだった。

仙台堀の近くにある、椿屋《つばきや》という油問屋にまつわる奇怪な事件である。

「お褒めのお言葉、痛み入ります」

「遅ればせながら、褒美を取らそう」

久通が笑みを浮かべた。

小松もうなずく。

だが、誠十郎は慌てて首を振った。

「いえ、そればかりは、ご辞退申し上げます」

「何ゆえだ。その方はわしの手下ではないか。奉公に対して、御恩を受けるは、頼朝公以来の武家の習いぞ」

久通は意外という顔つきになった。

誠十郎は背筋を伸ばした。

「たしかに私は、加納様のご配下にお加えいただきました。しかし、目安箱改め方は、亡き母より教えられました義を貫くためのお役目と、そう受け止めております。いまもし、そのお役目の働きを理由に、ご褒美を頂戴したとなれば、草葉の陰で母が泣きましょう。いいえ、褒美ほしさに走り回る愚か者と、私を叱《しか》りつけるに違いありません」

うむ、と久通がうなずく。

「その志、殊勝だな。しかし、日雇い仕事で、お役目が疎《おろそ》かになるのはまずい。何か所望いたせ」

「いいえ、たとえ日々の糧を稼ぐために働かなければならずとも、決してお役目を疎かにはいたしませぬ。それに、私は、思い切り体を動かして働くことが好きなのです」

と、そこまで口にしたとき、誠十郎は一つのことを思いついた。

「加納様」

「思いついたか」

久通が見つめる。

「私は何もほしくはございません。しかし、一つだけお願いがございます」

「どのような願いだ。申してみよ」

「この五月に、私が返り討ちにいたしました真崎京之介には、千恵どのと申す妹がおります。両親もすでになく、兄に死なれた千恵どのは、日々の暮らしに困っていることと思います。そこで、千恵どのの暮らしが立つように、お取り計らい願いたいのでございます」

誠十郎は両手を畳につき、言った。

「なるほど。それはよき思案じゃ」

久通がうなずき、小松に顔を向けた。

「小松、すぐに奉行所の与力に命じて、千恵という者の暮らし向きを探らせよ。手配はそれからだ」

「かしこまりました」

小松が頭を下げた。

加納久通が、満足の面持ちになった。

だが、誠十郎と千恵の間柄については、何も触れようとはしない。

すべてを知り抜いているのだ、と誠十郎は思った。

「それから――」

誠十郎は、今度は小松に声をかけた。

「まだ何かあるのか」

小松が気色《けしき》ばんだ。

「よい、申してみよ」

加納久通が笑った。

「教えていただきたいことがございます」

「何だ」

「椿屋の一件のおり、店を辞め、引っ越し先が不明になっていた奉公人の所在をお調べいただきましたが、わずか一時（二時間）ほどの間に、その者の行方《ゆくえ》を、どのようにして突き止めたのでございますか。あれ以来、そのことが不思議でたまらないのです」

久通と小松が顔を見合わせた。

二人は同時に笑みを浮かべたが、小松が口を開いた。

「貴公よりの調べの依頼を受けた後、拙者はただちに奉行所の吟味与力に命じて、定町廻《じょうまちまわり》同心たちを走らせたのよ。しかも、年配で定町廻同心の指導に当たるべき臨時廻同心までも聞き込みに回らせたのだ。当然、彼らは手下の岡《おか》っ引《び》きを総動員したことであろう」

平然と話す小松の言葉に、誠十郎は驚いた。

しかも、小松が行った手配はそれだけではなかったという。

奉行所内部では用部屋付同心たちが膨大な調書を持ち出し、その帳面を繰ったのである。

さらに、江戸城内の大目付《おおめつけ》のもとへ、《宗門人別改帳《しゅうもんにんべつあらためちょう》》の照会の命《めい》を届けたのだった。

その台帳には家ごとに家族と奉公人、さらに下人などの名と年齢を記してあり、各人ごとの旦那寺の印も捺《お》されている。

場合によっては、出身地や年季すら記してある。

人を探すあらゆる手立てが、信じがたいほど迅速に執り行われたのである。

「殿からの厳命とあらば、諸役人どもは他の用務を放り出しても、真っ先に取り掛からねばならぬからな。どうだ、分かったか」

「得心いたしました」

誠十郎は平伏した。

久通という人物の大きさを、改めて痛感したのである。

三

つい昨日戻ってきたばかりの道筋を、誠十郎は再びたどった。

道灌山の山影が見えたのは、四つ半（午前十一時）過ぎである。

幸徳寺の参道は、今日も人々で賑わっていた。

無数の露店が出て、風鈴売りが売り声を上げている。

さて、どうしたものか――

腕組みしたまま、参道を見つめる。

栄如なる僧の人となりを知るためには、やはり地元の住人に訊くに限るだろう。

誠十郎は参詣客が好みそうな派手な店を避けて、小さな飯屋の縄暖簾《なわのれん》をくぐった。

「いらっしゃい」

よく肥えた女将《おかみ》が、麦茶を運んできた。

「何にしましょう」

「飯と味噌汁をください。それから、何か魚はありますか」

机の横の樽に、誠十郎は腰掛けながら言った。

「うちの鯖《さば》の味噌煮は絶品だよ」

「それをいただきましょう」

「あいよ。飯は大盛りかい」

「むろんです」

女将がにっと笑った。

誠十郎は麦茶を一口すると、店の中を見回した。

正午に間があるせいか、さほどの混み方ではない。

客同士はいずれも顔見知りらしく、三々五々と集まって話し込んでいる。

よそ者が、いきなり話に口を挟める雰囲気ではなかった。

が、そのとき、右隣の人足《にんそく》と思われる男たちの声が耳に留まった。

「――おい、源公のことを聞いたかよ」

「ああ、知ってるよ。この界隈じゃ、あの噂で持ちきりだからな」

食事をすでに終えて、麦茶を飲みながら話し込んでいる。

「だが、本当なのか。昨日の晩、三宝堂《さんぼうどう》の近くで青白い炎を見かけて、あいつが腰を抜かしたってのは」

「どうやら与太《よた》じゃないらしいぜ。源公と一緒だったという彦六が、間違いねえと断言したくらいだからな。しかも、そのときの怪異は、それだけじゃなかったんだそうだ」

「ほかにも何か出たのか」

「いいや、化け物が出たんじゃなくて、風もないのに、まるでつむじ風が吹き抜けるような、不気味な物音がしたんだそうだぜ」

ひとしきり喋《しゃべ》ると、男たちは腰を上げ、「お代はここに置くよ」と言い残して、店を出て行った。

誠十郎は、お芳のあとをつけたときのことを思い出した。

似たような怪異ではないか。

しかも、やはりこの界隈のようだ。

そこへ女将が料理を運んできた。

「はい、お待ちどうさん。男前のお客さんだから、おまけにお新香を付けといたよ」

「これは、かたじけない」

「あら、いやだよ。かたじけないだなんて」

女将は八重歯を見せて笑った。

「女将に、ちょっと教えてもらいたいことがあるのですが」

誠十郎は箸《はし》を手にしながら、思いついて言った。

「なんだい」

「幸徳寺の栄如様とは、どのようなお方なのですか」

　ふいに愛想笑いが消えて、女将が生真面目《きまじめ》な顔になった。

「いいお方ですよ。――おたくさん、ここらの人じゃないと思ったけど、参詣においでなさったのかい」

「――ええ、そうなのです」

「そりゃ、いい功徳《くどく》になるよ。栄如様は、そこらの生臭坊主とは違うからね」

「どう違うのですか」

「ほら、そこらの坊主ときたら、やたらと難しいお説教を垂れるだろう。何とかという仏典には、こう説いてあるとか。天竺《てんじく》の偉いお坊様は、ああおっしゃられたとか。次のご門主と噂のある徳隠《とくいん》という坊さんなんか、その最たるものさ。ところが、栄如様は一言だって、そんな高慢ちきなお話はなさらないんだ」

「だったら、どのようなお話をなされるのですか」

　誠十郎は箸を静かに置いた。

「人の辛《つら》さや悲しさを静かにお話しになるのさ。しかも、その当人のように涙をお流しになるんだよ。そして、仏様とは浄土にいるのではなく、人のすぐそばにいて、人の苦しみや悲しみを自分のものとして苦しまれる存在だとおっしゃるのさ。それが、仏のお慈悲なんだそうだよ」

なるほど、と誠十郎はうなずいた。

「たしかに名僧ですね」

「そうともさ。あたいたちは、阿弥陀様の生まれ変わりだと信じているんだ。

——ところが近頃、とんでもない噂を撒《ま》き散らす奴がいてね」

一転して、女将が頬《ほお》を膨らませた。

「とんでもない噂——」

「ああ、そうだよ。あろうことか、栄如様が女狂いだとか、怪しげな呪《まじな》いをしているなんて噂が広まっているんだからね」

「誰が噂しているんですか」

「知るもんかい。うちの宿六《やどろく》が寄り合いで行った料理屋で、衝立《ついたて》の向こうの侍たちが話しているのを聞いたのさ。相手は二本差しだから、黙っているしかなかったけどね。でも、この手の噂を耳にしたのは、うちだけじゃないんだ。噂を聞いたって人が、もう何人もいるんだから——」

女将はそう言うと、身を乗り出し、

「しかもだよ、栄如様が寺の仏像を売り払ったという噂まであるんだから、失礼しちゃうじゃないか。あのお方は、自分の食い扶持まで下々の者に分け与えてしまわれるほど、質素な暮らしを送っていらっしゃるんだからね。徳隠なんか、どこかのお大名から目の玉が飛び出すほどの寄進を受けたって聞いたから、月とすっぽんさ」

と恐い顔で言った。

そのとき、女将は、誠十郎の両手が膝の上に置かれたままなのを目にした。

「あら、いやだ。あたいったら、つい話に夢中になっちゃって、ごめんなさいね」

「いえ、こちらからお訊きしたんですから」

そのとき新たな客が来店し、女将が離れていった。

誠十郎は改めて茶碗と箸を手にした。

だが、箸を動かしながら、彼は胸の裡《うち》で反芻《はんすう》した。

やはり、栄如の悪い噂をばら撒いている連中がいるのだ――

しかし、と誠十郎は思った。

六月二十二日の法会において悪事を企んでいる者がいるとしても、辻褄《つじつま》が合わない。

世間の目を栄如に向けさせるような噂を、わざわざ流布させるはずがないからだ。

むしろ、秘密裏にことを運んだ方が、上首尾を期待できるというものである。

これは、何か裏があるのかもしれない。

鯖の味噌煮を味わう余裕もなく、誠十郎は食事を済ませると、お代を払って店を出た。

次の一手を思いついたのである。

おりよく、法被《はっぴ》姿の寺男《てらおとこ》らしき中年男が通りかかった。

「ちょっと教えていただきたいのですが」

「へっ、何でございましょう」

男が立ち止まった。

「三宝堂という店は、どこにあるのですか」

「三宝堂でしたら、参道の上手《かみて》の方でございますよ。杉田屋さんという料理屋の斜め向かいの仏具屋ですから、すぐにお分かりになりますよ」

杉田屋と聞いて、誠十郎は妙な偶然だと思ったが、

「ありがとうございます」

と礼を述べて、すぐに参道を進んだ。

三宝堂は、たしかに杉田屋の目と鼻の先にあった。

間口は二間（約三・六メートル）ばかりの小さな店である。

表から覗《のぞ》くと、脇の棚に蜀台《しょくだい》や華瓶《けびょう》、香炉などが並んでいる。

棚の横が板敷きの仕事場となっており、痩《や》せた胡麻塩《ごましお》頭の男が屈《かが》みこんで、木魚を鑿《のみ》で削っていた。

職人にありがちな、厳しい表情である。

年は五十過ぎぐらいか。

さて、どうしたものか――

飯屋で聞き込んだ怪異の様子を、詳しく知りたいと思ったのである。

だが、いきなり飛び込んで訊いたとしても、塩を撒かれるだけかもしれない。

思いあぐねた挙句、思い切って店に足を踏み入れた。

こういうときは、策を弄《ろう》さず、正面からぶつかるに限ると思ったのである。

「ごめんください」

誠十郎は頭を下げた。

「いらっしゃい。仏具のご入用でございますか」

仏具屋の主人は一瞬目を上げ、塩辛い声で言うと、すぐに手元に目を戻した。

「いいえ、仏具のことではなく、一つ、教えていただきたいことがあるのです」

「へっ」

主人が、鑿を持った手を止めた。

「何ですかい、教えてもらいたいっていうのは」

「昨晩、この近くで、奇妙な出来事があったとか。そのことを教えていただきたいのです」

相手の目をまっすぐに見つめて、誠十郎は言った。

すると、主人は苦虫を嚙《か》んだような表情になった。

「今日は、いったいどういう日和《ひより》なんだ。次から次へと、昨日の晩のことを教えろと人が飛び込んで来るなんてよ」

打って変わって、荒っぽい言葉遣いになった。

「えっ、私のほかにも、昨晩のことを訊きに来た人がいたのですか」

「ああ、いたよ。向かいの杉田屋のお芳さんさ」

「お芳どの――」

誠十郎は思わず声を上げた。

その驚きぶりに、主人の顔つきが変わった。

「おたくさん、どうして、そのことを知りたいんだい。――そこらの野次馬にゃ見えねえし、何か理由でもあるのかい」

　どうやら、根は親切な男らしい。

　誠十郎は言葉に詰まった。

　杉田屋の体面を考えれば、お芳の《狐憑《きつねつ》き》を持ち出すことはできない。

　刹那《せつな》の逡巡《しゅんじゅん》の後、誠十郎は口を開いた。

「実は、一昨日、そこの杉田屋さんで井戸掘りの仕事をいたしました」

「ほう、井戸掘りねえ、おたくさんが――」

「はい。その晩は泊まりとなったものの、寝付かれずに夜風に当たろうと外に出ましたところ、杉田屋さんの裏手の路地の坂を上がった辺りで、奇妙な出来事と遭遇したのです」

　主人が身を乗り出した。

「どんな出来事だね」

「坂を上り切った辺りで、赤ん坊の泣き声のような音が響いたんです。聞きようによっては、人が絞め殺されるときのような、気味の悪い声でした」

「なるほど、それでこっちの出来事も気になったってわけかい」

　はい、と誠十郎はうなずいた。

この程度の出まかせならば、《嘘も方便》と母も許してくれると思ったのである。

「よし分かった。そういうことなら、おたくさんにも教えようじゃないか」

「ありがとうございます」

誠十郎は頭を下げた。

「立ち話もなんだ、そこへ掛けて聞きなせえよ」

と、主人は上がり框《かまち》を指差した。

誠十郎が腰を下ろすと、口を開いた。

「あれは俺がひと寝入りして、寝苦しさに目を覚ました頃だから、九つ（午前零時）頃だったと思う。この店と隣の蕎麦《そば》屋の間の路地で、物音がすることに気がついたのさ。こそ泥かと思い、俺は青くなったもんだ――」

主人は興が乗ったように話し続けた。

起き上がった主人は、仕事場にあった棒を手にして、裏口の閂《かんぬき》を外したという。裏から回り、こそ泥をどやしつけてやろうと思ったのである。

そっと戸を開けると、外は真っ暗闇だった。

おり悪く、月が雲に隠れてしまったのだ。

音を立てずに裏口から出て、横手の路地へ身をすべり込ませようとした刹那、びゅー。

つむじ風が吹き抜けるような、不気味な物音が響いた。

主人は震え上がった。

その途端、表の方から、かすかに悲鳴のようなものが聞こえたという。

「――昨晩のことで、俺が知っているのはそれだけさ。情けねえ話だが、そのつむじ風みたいな音を耳にした途端、腰を抜かしちまったんだ。ところが、今日になって、その時分に、この店の路地の辺りで青白い人魂《ひとだま》を見た野郎がいるらしいと、ご近所さんから教えられたんだよ。その野郎、自分が見たものを方々で吹聴しているそうだぜ」

「ええ、私もその噂を飯屋で耳にして、矢も盾もたまらず、こちらへ伺った次第なのです。だったら、その悲鳴は、人魂みたいなものを目にしたその人の叫び声だったんですね」

「うんにゃ、そうじゃねえ。俺が聞いたのは、女の悲鳴だったよ」

主人は首を振った。

「女の人ですって」

主人はうなずくと、声を潜めて言った。

「お芳さんの悲鳴だったんじゃねえかと、俺は思っているんだ」

「どうしてですか」

「さっきも言っただろう。おたくさんと同じように、お芳さんが、同じことを聞きに来たからだよ。参道を挟んで斜向《はすむ》かい同士だから、しいて理由は訊かず、いまの話を聞かせてやったさ。そのときのお芳さんの真剣な目つきといい、話を聞き終わったときの、思い詰めたような表情といい、ただごとじゃねえ様子だったぜ。だから、そんな気がしたんだ。杉田屋の潜り戸を出れば、うちの店先は目と鼻の先だ。そこに人魂が出りゃ、嫌でも目に入るし、つむじ風みたいな音だって、聞き漏らすことはあり得ねえ」

主人は腕組みして、自分の言葉にうなずいた。

が、ふいに厳しい顔を誠十郎に向けた。

「けどよ、そんな刻限に、若女房が、なぜ潜り戸から外へ出たりしたんだろうな」

「さあ、私にも分かりません。それよりも、ご主人は、この辺りには長いのでしょう」

誠十郎は慌てて話題を転じた。

すると、主人は乗せられたように言った。

「あたぼうよ。生まれてからずっと、ここを離れたことはねえさ」

「だったら、杉田屋の横手の坂道を上った辺りに、どなたがお住まいか、ご存じではありませんか」

誠十郎の問いに、主人が目を輝かせた。

「なるほど。おたくさんが耳にした奇怪な物音と、この店先で起きた怪異が一続きの出来事かもしれねえという読みかい。面白い目の付け所だが、残念ながら読み違いだな」

「どうしてですか」

「だってよ、あの辺りといえば、寺の蔵と並んで貸家が一軒あるきりだ。しかも、そこには鏡師の夫婦者が住んでいたが、一年ほど前に引っ越して、以来ずっと空き家なんだ。赤ん坊の泣き声なんかするはずがねえよ」

「そうですか――」

誠十郎は沈み込んだ。

一昨日の晩、お芳があの辺りで誰かを呼んでいたことから、周囲に知り合いが住んでいるのかもしれないと思ったのである。

しかし、その予想は、いともあっさりと外れてしまった。

主人はひとしきり喋って満足したのか、煙草盆《タバコぼん》を引き寄せた。煙管《キセル》に煙草を詰め、火入れに近づけ、ゆっくりと吹かした。

「だが、待てよ」

ふいに主人が宙を睨《にら》んだ。

「どうなさったのですか」

「おたくさんが耳にしたっていう泣き声、もしかしたら幽霊かもしれねえ」

「えっ、いったいどういうことですか」

「実はさ、三月ほど前の晩、あの辺りで原崎直太郎《はらさきなおたろう》というお侍がおっ死《ち》んだのよ」

「何ゆえですか」

「辻斬《つじぎ》りに遭いなさってな」

「辻斬りですって――」

「ああ、袈裟《けさ》懸けに一太刀、と聞いたな」

主人は深々とうなずき、

「俺も詳しくは知らねえが、聞いたところじゃ、原崎というお人はさる剣術道場の免許皆伝の腕前で、腕の立つ御仁だったらしい。しかも、金持ちってわけじゃねえから、狙《ねら》われた理由がさっぱり分からねえのさ」

「なるほど、それで原崎どのの幽霊と思われたというわけですか。ちなみに、原崎どのは、どこのご家中だったのですか」

「いいや、ご浪人だったよ。仕事は知らねえけど、俺にその人のことを教えてくれた男の話じゃ、下谷山崎町の韮山屋《にらやま や》という店に出入りするのを見かけたことがあったそうだ」

と、そこまで言うと、主人が一転して苦笑いを浮かべた。

「冗談だよ、冗談。この世に幽霊なんているわけはねえじゃねえか」

主人は煙管の雁首《がんくび》を、煙草盆の灰吹《はいふき》に勢いよく叩きつけた。

紫煙が、誠十郎の鼻先で形にならない渦を巻いた。

さながら、謎《なぞ》そのものである。

四

三宝堂を出た誠十郎は、腕組みしたまま参道を歩いた。

考えに行き詰まったときは、歩くのに限ると思ったのである。

頭の中には、収まる場所のない出来事が浮かんでいた。

一昨日の坂の上での奇妙な物音。
昨晩の三宝堂前での怪異。
栄如についての嫌な噂。
お芳の《狐憑き》。
待てよ——
誠十郎は、つと足を止めた。
それらは、微妙に結びついているのだ。
二つの怪異はいずれも、真夜中頃の出来事である。
しかも、お芳が関わっているらしい。
杉田屋を挟むようにして起きているという共通点もある。
その杉田屋の裏手に幸徳寺があり、栄如はそこの門主にほかならない。
だが、考えはそこで行き詰まった。
もはや何も見えてこない。
誠十郎は再び歩き始めると、山門を潜った。
そのとき、加納久通の言葉を思い出した。
来る六月二十二日、この幸徳寺で真宗の法会が執り行われるという。

ちょうど夏至の日である。
誠十郎は四、五人の着飾った娘たちとすれ違った。
十五、六くらいだろう。
若くて、毎日が楽しくてたまらない頃だ。
お芳にだって、あんな無邪気な頃があったはずだ。
池屋の店先に立っているお芳の姿を、誠十郎は想像した。
瓜実顔《うりざねがお》の美しい目鼻立ちに、若々しい笑みを浮かべている。
それが、いまは夜更けになると《狐憑き》だ。
いったい何があったのか。
苦しみか。
それとも、悲しみか。
あるいは、絶望かもしれない。
人生の行く手には、どのような事態が待ち受けているのか、誰にも予想はつかない。
目を上げる。
幸徳寺の本堂が、目の前にあった。

誠十郎は腕組みを解くと、手を合わせた。
その刹那、次の一手が見えた。

五

誠十郎は南の方角へ足を急がせた。
向かった先は、下谷山崎町だった。
一つだけ、調べるべき事柄に思い当たったのである。
原崎直太郎という浪人の変死――
その一件もまた、同じ界隈で起きている。
辻斬りが金目当てでないとすれば、別の理由があったはず。
しかも、それは免許皆伝の侍を、敢《あ》えて倒さねばならぬほどの理由なのだ。
千駄木町を抜けた。
数知れぬ小さな寺の門前を通り過ぎる。
下谷山崎町は、寛永寺《かんえいじ》や不忍池《しのばずのいけ》の東側にある。
誠十郎は寛永寺の境内を抜けた。

蟬の鳴き声が喧《かまびす》しい。

汗だくになり、すっかり喉《のど》も渇いていた。

ふいに、水売りの男が目にとまった。

大きな欅《けやき》の木のそばにしゃがみ込み、日陰で煙管を使っている。

かたわらに水桶《みずおけ》を下ろし、天秤棒《てんびんぼう》は木に立てかけてあった。

日陰で涼みながら、一休みしているのだ。

「すみません、水を一杯お願いします」

誠十郎は近づくと言った。

「へえ、まいど。白砂糖を入れますかい」

男は立ち上がると、水桶の蓋《ふた》を取りながら言った。

「いいえ、水だけで結構です」

水売りはうなずくと、柄杓《ひしやく》で水を汲《く》み、備え付けの真鍮《しんちゆう》製の器に注いだ。

「お待ちどうさん」

誠十郎は胴巻きから出した三文と引き換えに、その器を受け取った。

ひんやりとした感触。

口をつけ、一気に飲み干した。

冷たい水が、喉を伝う。

ふぅー、と誠十郎は思わず息を吐いた。

「どうです、うちの水は絶品でしょう」

「ええ、おいしいですね」

水売りがにっこりとした。

「あなたは、ここらで御商売なさっているのですか」

誠十郎は思いついて訊いた。

「へえ、そうでやすけど」

「だったら、韮山屋という店をご存じありませんか。下谷山崎町にあると伺ったのですが」

「ああ、韮山屋さんなら、存じておりやすよ」

と、水売りは詳しい道順を話した。

「ありがとうございました」

誠十郎は頭を下げ、

「ちなみに、韮山屋とは、何の店なのですか」

と付け加えた。

「ご存じないんですかい。地本《じほん》問屋ですよ」

「地本問屋――」

地本とは、江戸で作られた書籍や絵草紙《えぞうし》類のことで、上方《かみがた》下りの本と区別されたのである。

誠十郎は首を傾《かし》げた。

剣の達人だったという原崎直太郎が、なぜそんな店に出入りしていたのだろう。

六

韮山屋は、仙龍寺という寺の近くにあった。

《書肆《しょし》　にらやま》という看板が表に置かれ、店の左側が帳場になっていた。

右側の畳敷きには、びっしりと重ねられた書物の山がある。

上がり框に女客や横座りした男客がおり、手代たちが応対していた。

茶を運ぶ丁稚《でっち》の姿も少なくない。

ひとつ息を吸うと、誠十郎は暖簾を潜った。

「ごめんくださいい」

「いらっしゃいませ」

奥から手代らしき男が近づいてきた。

前掛けをした、顔の細い男である。

「何を差し上げましょう」

上がり框に正座して言った。

誠十郎は手を振った。

「私は書物を買いに来たのではありません。ちょっと教えていただきたいことがありまして」

「どのようなことでございましょうか。――どうぞ、お掛けくださいまし、お客様」

手代は、嫌な顔を見せずに言った。

「いいえ、立ったままで結構です。実はある方より、こちらに原崎直太郎どのが出入りされていたと伺いました。彼がこちらで何をしていたのか、教えていただきたいのです」

「原崎様でございますか」

手代の顔色が曇った。

ちらりと帳場の方へ目をやる。

帳場に座っていた男が、気配を察したように立ち上がった。

絽《ろ》羽織を身につけた、初老の太った男である。

「どうしました」

男が手代に言った。

「こちらのお武家様が、原崎様のことをお聞きなりたいと申しまして」

初老の男が、誠十郎の前に正座した。

「私は番頭の勘《かん》右衛《え》門《もん》でございます。どのようなご事情で、原崎様のことをお聞きになりたいのでございますか」

番頭だけあって、物言いが落ち着いている。

むろん、誠十郎がここへ来た本当の理由は言えない。

だが、それではこの番頭は納得しないだろう。

「私は竜巻誠十郎と申して、原崎どのと交誼《こうぎ》を結んでいた者です。久しく八王子の方へ仕事で参っていたのですが、最近戻ってきたところ、原崎どのが辻斬りに遭ったと聞いて驚きました。何ゆえに、そのような非業の死を遂げたのか、友として調べずにはおられず、ご迷惑を承知のうえで、こうしてお尋ねしているのです」

誠十郎は思いつきを口にしながら、汗をかいていた。

勘右衛門がうなずいた。

「手前も、その一件でしたら存じております。恐ろしい出来事でございました。それで原崎様の暮らし向きを、お知りになりたかったのでございますか」

手代の口が重かったのは、辻斬りという凶事を気にしていたからだろう。

だが、誠十郎の口ぶりを、この番頭は朴訥《ぼくとつ》な人柄と勘違いしたらしい。

「そういうご事情であれば、お教えいたしましょう。原崎様に版下絵《はんした》を描いていただいておったのでございます」

「版下絵——それは何ですか」

誠十郎は首を傾げた。

「浮世絵の下絵でございますよ。浮世絵は、絵師が版下絵を描き、それを彫り師が版木《はんぎ》に彫ります。これを摺《す》り師が擦って、校合摺《きょうごう》りというものを作り、それを今一度、絵師のもとへ届けて、柄や色の指定を書き込んでもらい、それに基づいて彫り師が細かい部分を彫りあげ、本摺りにかかるのです。——半年ほど前、お付き合いのある浮世絵師の先生が、原崎様をお連れになられて、絵筆の技量はかなりのものと紹介されたのでございますよ」

「原崎どのが絵を得意としていたとは、存じ上げませんでした」

「はい。手前も半信半疑でございました。お武家さまの絵筆の心得といえば、狩《か》野《のう》派の絵に決まっておりますから。まさか、浮世絵をお描きになるわけがないと。しかし、試しに描いてもらったところ、驚くじゃありませんか。そこらの絵師よりも絵筆が立つのですから。で、それ以来、版下絵を手がけていただいていたという次第でございます」

勘右衛門はそう言うと、

「竜巻様とおっしゃいましたな」

と改まった口調で言った。

「はい」

「あなた様が、版下絵の仕事のことをご存じなかったのは、原崎様が内緒になさっていたからでしょう。お武家さまともなれば、体面もございますから。――そうそう、覚えております。原崎様は、ご親戚が残された家作《かさく》をお持ちだとおっしゃっておられましたが、ご自身はここからほど近い長屋に、母親と二人で慎ましく暮らしておられましたっけ」

そう言うと、勘右衛門は手代の耳元で何かを囁《ささや》いた。

手代は立ち上がり、奥に引っ込んだが、すぐに戻ってきた。

そして、手にしていた紙のようなものを、勘右衛門に差し出した。

「これが原崎様のお描きになった浮世絵でございます。売れ残りで失礼とは存じますが、よろしければ、どうぞお持ち下さい」

そう言って、手にしていた浮世絵を誠十郎に手渡した。

「かたじけない。――なるほど、これは見事なものだ」

誠十郎はうなずいた。

瓜実顔に切れ長の目、立ち姿の若い女性を描いた絵である。

だが、原崎が辻斬りに遭った理由は、少しも判明しないままである。

「勘右衛門どの、原崎どのがこちらへ伺ったおり、身辺の不穏な気配のこととか、誰かと揉《も》め事になっているとか、そういう話をしておりませんでしたか」

「いいえ、そのようなことは聞いておりません。むしろ、原崎様は版下絵の仕事を始められてから、急にお顔が柔らかくなられましてね」

「顔が柔らかくなったとは、どういう意味ですか」

勘右衛門は困ったような笑みを浮かべた。

「どう申し上げればいいのでしょうか、内心の嬉《うれ》しさを隠せないような、そんなご様子でございました」

「いつ頃のことですか」

「たしか、昨年の暮頃だったと思います。——それにしても、惜しい人を亡くしました」

勘右衛門が深いため息をついた。

誠十郎も音を立てぬように、そっと息を吐いた。

依然として五里霧中である。

韮山屋から出た誠十郎は、腕組みしたままゆっくりと道を歩いた。

勘右衛門の言葉が、まだ耳に残っている。

《内心の嬉しさを隠せないような、そんなご様子でございました——》

年の瀬に、原崎は何かよほど嬉しいことがあったのだ。

それは何だろう。

しかも、そんな男が、わずか三月後に辻斬りに遭ったのだ。

謎の糸は依然として絡まったままである。

そのくせ、打つ手はもうない。

そのとき、閃《ひらめ》くものがあった。

誠十郎は腕組みを解くと、足を速めた。

彼が歩先を向けたのは、加納屋敷である。

七

「栄如様と面談したいと申すのか」

小松門左衛門が目を瞠《みは》り、言った。

「はい、是非にも」

誠十郎は畳に手をついたまま、うなずく。

二人は雁木坂にある加納屋敷の小座敷で対座していた。

誠十郎が思いついた手立ては、目安箱改め方としての奥の手を使うことだった。

目安箱改め方には、与力や同心のような正式な捜査権は一切ない。

しかも、役目そのものを秘密にしなければならないのだ。

だが、一つだけ、他の諸役人が持ち得ない《切り札》があった。

ほかに手がなく、ことが急を要する場合のみ、雁木坂の加納屋敷に駆け込めば、誠十郎の知りたい情報を、小松が手配して入手してくれるのである。

栄如に面会するとなれば、久通の力に頼るほかに、まず手段はないと考えたのである。

「なにゆえに、あのお方に会いたいのだ。殿がおっしゃられたように、栄如様は並の僧侶ではないのだぞ」

小松が厳しい表情で言った。

「今度の一件は、まず栄如様の周囲で奇妙な噂が立ったことから始まっております。しかも、その周囲を探りましたところ、幸徳寺や栄如様と直接のつながりがあるとも思えない人々にまで、奇怪な出来事や、辻斬りという凶事が起きていたことが判明しました」

「辻斬り――そんなことまで起きておったのか」

「はい。ここはどうあっても、じかに栄如様にお会いして、その身辺に何か不審な出来事がないか、お訊きしたいのです」

「うむ、たしかに面談が必要のようだな。しかし、その方の役目は何人《なんぴと》たりとも秘密にせねばならないし、どのような口実にすればよいものか。一介の浪人が、御用取次たる殿の紹介を賜《たまわ》るというのは、どう考えても不自然だ」

誠十郎も同感だった。

しかし、会わねば埒《らち》は明きそうもない。

と、ふいに妙案が浮かんだ。

「ならば、私を、小松様の小者《こもの》ということにしていただけませんでしょうか」

「それで、どうする」

「辻斬りに遭った原崎という侍の菩提《ぼだい》を弔うために、友である私が栄如様に経を上げてもらいたいと念願していることに致します。それを小松様が加納様にお話しになったところ、特段のご配慮を以《もっ》て、栄如様へのご紹介を賜ったことにするのです」

「なるほど、僧に経の頼みごとか。それならば、さして不自然ではないな」

「はっ」

誠十郎は頭を下げた。

「よし分かった。ならば、明日にも面談がかなうよう手配いたそう。手配の首尾については、今晩にもその方の住まいに知らせよう」

小松がうなずいた。

が、すぐに厳しい顔つきに戻った。

「だが、栄如様に会うまで、その方の調べは手詰まりなのか」

「いいえ、もう一つ考えがございます」

誠十郎は深々とうなずいた。


幸徳寺の鐘が鳴った。

子《ね》の刻（午前零時）である。

誠十郎は参道脇の陰に身を潜めていた。

向こう側に、月明かりを浴びた杉田屋の潜り戸が見える。

人通りは皆無である。

八方塞《はっぽうふさ》がりの状況に陥った彼が考えたことは、栄如への面談と、もう一つ。

もう一度、お芳が動くかもしれないということだった。

一昨日と昨日、お芳は奇妙な素振りを見せた。

いや、長次郎の気が付いた時点から数えれば、すでに三日間、寝床を抜け出している。

むろん、彼女の不可解な行動と、栄如にまつわる悪い噂がどのように関わっているのか、それは分からない。

だが、この界隈、あまりにも得体の知れない出来事が多すぎる。
とても偶然の一致とは思えない。
だからこそ、加納屋敷を出た後、誠十郎は善光寺門前町へ取って返したのだった。
すぐに蕎麦屋へ入ると、早目の夕餉を取った。
それからずっと、杉田屋を見張っていたのである。
お芳が動くと、そこに怪異が起きる――
この図式に気が付いたのである。
しかも、最初は奇怪な泣き声だったが、次に人魂のようなものとつむじ風が現れた。
お芳の前で起こる怪異は、明らかに不気味な色合いを濃くしているだ。
今宵、彼女が動けば、さらに恐ろしい怪異が待ち構えているかもしれない。
四半時（三十分）が過ぎた。
今日に限って、潜り戸が開く気配はなかった。
さらに四半時後――
誠十郎は、はっと思い当たった。

長次郎の頑《かたく》なな態度が、脳裏に甦ったのである。
彼が寝ずの番をしていれば、お芳も家から抜け出せないに違いない。
誠十郎は、当てが外れた気がした。
しかし――
お芳のことを思えば、これで良かったとも言えるのだ。
若い女が一人で夜道に出歩くのは、どう考えても物騒である。
彼は立ち上がった。
こうなれば、自分の手で、あの坂の上を探るまでだ。
杉田屋の横手に道を入り、その先の路地を曲がった。
坂道には人けがなく、青白い月明かりが煌々《こうこう》と行く手を照らしている。
坂を上りきると、幸徳寺の境内の高木のせいで月明かりが遮られ、周囲はかなり暗い。
しもた屋の戸口が目に留まった。
赤ん坊の泣き声のような物音は、この中から響いてきたのかもしれない。
誠十郎は、戸口の引き手に手をかけた。
だが、心張《しんば》り棒が掛けられているのか、少しも開かない。

誠十郎は首を伸ばし、しもた屋の脇を覗き込んだ。
生垣越しに、小さな庭が見える。
その先に、白い鏡のように光る水面《みなも》があった。
誠十郎は悟った。
杉田屋の離れの先の池ではないか——
奥座敷から見上げたしもた屋が、これなのだ。
かすかな気配を感じたのは、その瞬間だった。
横に跳んだ途端、
ヒュン。
と雷光のように剣が奔《はし》った。
切っ先が、誠十郎の鼻先半寸を掠《かす》めたのだ。
「うおっ」
地面に仰向《あおむ》けに倒れこんだ誠十郎は、思わず声を発した。
そこに剣が殺到する。
誠十郎は息を止め、丸太のように素早く転がった。
ガッ、ガッ、ガッ、と地面を突き刺す音。

「畜生っ」
声が漏れた。
その隙《すき》に、誠十郎は立ち上がった。
黒装束に覆面をした男たちが、刀を構えている。
相手は五人。
間髪容《い》れず、二人が相次いで斬りかかってきた。
「おおっ」
刃の飛来は目にも留まらなかった。
勘だけで、誠十郎は身を捻《ひね》った。
シュン。
不気味な羽音に一拍遅れ、風圧が頬を撫《な》でる。
恐怖に、鳥肌が立つ。
二人が駆け抜けると、続けざまにさらに二人。
縦から、横から。
さらに背後からも来た。
まずい——

相手の動きが早すぎる。
息が上がってきた。
暗過ぎて、柔術の技を決められない。
そのとき、真横になぎ払う剣が強襲した。
刹那、太ったその遣い手の向こうに、二つの影が見えた。
南無三《なむさん》っ――
刃の下を掻《か》い潜り、誠十郎は相手に体ごと突進した。
「ぐあっ」
手応《てごた》えと、叫びは同時だった。
吹き飛んだ男が、背後の二人に覆いかぶさって倒れこんだ。
誠十郎は一気に坂を駆け下りた。
たたた、と追いかけてくる足音。
足元がもつれかけて、やむなく止まった。
練塀を背にして、身構える。
肩で激しく息をする。
月明かりを浴びた男たちも同様だった。

が、一人だけ、息の乱れがない者がいる。
かなりの長身。
覆面の間から、鋭い眼光が凝視している。
その男が一歩踏み出した。
「者ども、手出しは無用」
覆面の下から、くぐもった声がした。
申し合わせたように、他の四人が後退する。
男は正眼の構えをとった。
少しも力みがないくせに、殺気は尋常ではない。
誠十郎の全身に恐怖がこみ上げてきた。
一連の攻撃の間、この男が、一太刀も斬りかかっていないことにも気が付いた。
男がじりじりと間合いを詰めてくる。
圧倒的な威圧感に、息ができない。
その苦悶《くもん》を悟られた。
前触れもなく刃が強襲した。
上体を反らしたが、一瞬早く肩口に激痛が突き抜けた。

ぐっ。
切っ先が掠ったのだ。
剣先が蛇のように、ふいに斜め下から襲い掛かった。
誠十郎は後ろへ跳ぶだけで精一杯だ。
今度は右天空から雷撃した。
辛くも切っ先をかわす。
が、背中が崩れかけた練塀にぶつかった。
もう逃げ場がない。
全身に冷や汗が噴き出す。
覆面の間の目が、冷たい嗤《わら》いを浮かべた。
そのとき、練塀の瓦《かわら》が、誠十郎の目の端に留まった。
瓦を摑《つか》むのと、袈裟懸けに剣が来襲したのは同時だった。
瞬時に上体を左に傾け、瓦を投げつけた。
意表を突かれた男が、初めて乱れを見せた。
その瞬間を逃さなかった。
誠十郎は刃を避けると、一気呵成《いっきかせい》に奔った。

背後を振り返る余裕すらなく、心の臓が破裂するまで走り続けた。

気がつくと、山門の近くに来ていた。

男たちの影はない。

助かった――

誠十郎は崩れ落ちた。

石畳の道に、膝と両手を突いたのである。

第三章　けじめ

一

「おおい、竜巻――」

声で、誠十郎は目覚めた。

瓢簞長屋の天井が目に映った。

その途端、昨晩のことが、嘘《うそ》のような気がした。

「おい、起きておるのか」

腰高障子の外で怒鳴っているのは、梶田である。

「はい、いま起きたところです」

誠十郎は布団から起きると、戸口の心張り棒を外した。

「いったい、どうしたのだ。もうじき四つ（午前十時）だぞ。病気になったのかもしれないと菊代が心配するものだから、見に来たのだ」

障子が開くなり、梶田が無精髭《ぶしょうひげ》の顔を覗《のぞ》かせ、言った。

日差しが目に眩《まぶ》しい。

「すみませんでした。ちょっとした頼まれ事で、昨日は夜遅くまで歩き回ったものですから、つい寝過ごしてしまいました」

「おいっ、その晒《さらし》はいったいどうした」

梶田が、誠十郎の浴衣《ゆかた》の胸元に目を向けた。

肩口の傷を手当するために、巻いた晒布を見られてしまった。

「これはその、つまり、ちょっと怪我《けが》をしたので、手当をしたまでです」

「本当か、それならよいが。俺はまた、おぬしが厄介ごとに巻き込まれたのかと思ったぞ」

「梶田さん、私だって、それほど無分別ではありませんよ」

誠十郎は作り笑いを浮かべた。

梶田が帰った後、誠十郎は遅い朝餉《あさげ》を取った。

箸《はし》を動かしながら、これまで調べたことを思い返した。

杉田屋の周囲で立て続けに怪異が起きただけでなく、昨晩は、とうとう抜刀した賊までが現れたのだ。

待てよ――

あの男たちは、お芳を待ち伏せしていたのかもしれない。

立て続けに起きた怪異が、彼女の動きを封じるためと考えれば、そんな解釈も成り立つ。

どんな怪異に遭っても、若女房の狐憑《きつねつ》きが止まらなかった。

だから、とうとうお芳の命を奪おうとした。

最初から彼女を殺《あや》めなかったのは、杉田屋が同心と昵懇《じっこん》の間柄と知っていたからかもしれない。

下手に手を出して、奉行所が介入してくるのを恐れたのだ。

しかし、茶飯屋の若女房を暗殺する必要が、どこにあるのだ。

六月二十二日の法会《ほうえ》まで、今日を入れて残りは三日。

頼みの綱は、栄如との面談である。

昨晩遅くに、小松の使いがこの部屋を訪れたのだった。

いつぞや手紙を届けに来た女中である。

言伝によれば、栄如と会える刻限は、八つ半（午後三時）とのこと。
加納久通の紹介状もある。
さて、それまでどうする――
箸を膳に置いた誠十郎は、突然、別のことを思った。
墓参り――
真崎京之介の月命日は、十日だ。
しかし、その日の墓参りを、彼はわざと避けたのだ。
千恵と顔を合わせるかもしれない、と思ったからである。
誠十郎は、自分に腹が立った。
卑怯《ひきょう》な振る舞いだ。
今日、この足で墓参りをしよう――
それに、思案したいこともあった。
昨晩、襲いかかってきた男たちのことだ。
なかんずく、あの長身の男と再びまみえれば、いまの誠十郎には太刀打ちできない。
何か、手を考えねば――

誠十郎は立ち上がった。

瓢箪長屋を出た誠十郎は、小名木川の方へ足を向けた。

真崎京之介の墓は、深川の永代寺にある。

そこが真崎家の檀家寺だと教えてくれたのは、ほかならぬ千恵だった。

《八丁堀の組屋敷から北新堀町へ出て、永代橋を渡ればすぐでございますから、よくお墓参りに参ります――》

春先に隅田川沿いの堤を二人で散歩したおり、千恵が口にした言葉だった。

そのおりの面差しが、誠十郎の脳裏に甦《よみがえ》った。

川風に運ばれた花吹雪《はなふぶき》が、黒髪に舞い散るさまも目に浮かぶ。

花見の帰路、人けのない木陰で、誠十郎は初めて千恵の手を握ったのである。

彼女は頬《ほお》を赤らめたものの、かすかに握り返してきたのだった。

その記憶がいまは、胸に錐《きり》を立てるような痛みを感じさせていた。

霊巌寺《れいがんじ》の横を通り、海辺橋を渡った。

しばらく行くと、永代寺門前山本町に足を踏み入れた。

人通りが多く、賑《にぎ》やかな界隈《かいわい》である。

近場の花屋で供え花と線香を買い求めてから、誠十郎は永代寺の境内に入った。

寺務所へ立ち寄り、真崎家の墓所を尋ねると、作務衣《さむえ》姿の若い坊主が親切に教えてくれた。

閼伽桶《あかおけ》を借り、線香に火を移してから、教えられた墓所へ向かった。

真崎家の墓はすぐに分かった。

塀際の小さな墓で、新しい卒塔婆《そとば》が立っていた。

兄の追善供養のために、千恵が立てさせたものだろう。

誠十郎は、墓の周囲の雑草を抜いてから、花と線香を供えた。

墓石に閼伽桶の水を掛けると、しゃがみ込み、手を合わせた。

真崎京之介の死に顔が浮かんだ。

そのとき、背後で足音がした。

誠十郎は思わず立ち上がり、振り返った。

息が止まる。

少し離れた所に、千恵が立っていた。

彼女も花と線香、それに閼伽桶を手にしている。

色の白い瓜実顔《うりざねがお》。

濡《ぬ》れたような黒目がちの目元。

筆で淡い墨を引いたように細い鼻筋。

以前よりも、少し痩《や》せている。

だが、その目には、変わらぬ強い光があった。

無地の枯れ葉色の小袖《こそで》姿だ。

「千恵どの――」

誠十郎は思わず言った。

だが、千恵は無言だった。

「私のような者が、おめおめと墓参りに来るなど、許されるはずもないと分かっておりました。しかし、どうしても兄上の墓前に手を合わせ、心からの詫《わ》びと、悔やみの言葉を伝えたかったのです」

ずっと思い詰めていた気持ちを、誠十郎は吐き出すように言った。

そして、深々と頭を下げる。

いまここで、千恵に討たれようとも、手向かいは一切するまい。

瞬時に、そう決心したのである。

「誠十郎様、どうぞ頭をお上げください。詫びも悔やみの言葉も、一切無用にございます」

その言葉に、誠十郎は胸が張り裂ける思いだった。

冷たい物言いが、二人の隔たりの大きさを思い知らせたのである。

「このままお立ち去りください」

「――はい」

頭を下げたまま、言った。

一生、許されざる身として、生きてゆこう。

誠十郎は千恵と目を合わさぬまま、閼伽桶を手に取った。

そして、立ち去ろうとした。

「お待ちください」

背中に、千恵の声がかかった。

誠十郎は足を止めた。

「兄が亡くなる前、人と会う約束があると申しました」

千恵が何を言い出したのか、一瞬、誠十郎はとまどった。

が、すぐに彼が闇討《やみう》ちに遭った日のことを、話していると気がついたのである。

兄を殺された千恵にとって、事の理非など問題ではないはずだ。

悲しみや怒りを、いささかも左右するものではない。

それでも、兄が闇討ちを仕掛けたという事実は、千恵にも不審なのかもしれない。

あるいは、ほんのかすかに、自分のことを憐《あわ》れんでくれているのか。

「その人は、どなたでございますか」

背を向けたまま、誠十郎は思い切って訊《き》いた。

「名前は申しませんでした。ただ、兄上がお帰りになったとき、私への土産《みやげ》だと言って、小梅餅《こうめもち》を買ってきてくれました」

「小梅餅――」

「四谷塩町の菊屋《きくや》の銘菓でございます。それまでも何度か買ってきてくれたことがございました」

そう言ったきり、千恵の言葉は途切れた。

手掛かりはそれだけです、という無言の言葉である。

「ありがとうございました」

誠十郎は頭を下げた。

唇を嚙《か》みしめ、その場を離れた。

四谷塩町で真崎京之介は誰に会ったのか、それを調べねばならない。

二

誠十郎は永代橋を渡った。

すぐに豊海橋《とよみ》を駆け抜けると、人々が行きかう道を日本橋の方へ向かった。

誠十郎は早足のまま、胸の裡《うち》で叫んでいた。

目安箱改め方のお役目からしばし離れること、目をお瞑《つぶ》り下さい――

加納久通より与えられたこの役目は、単なる仕事ではない。

いわば、亡き母梨世《りよ》と交わした約束だった。

九年前、西本願寺に近い夜道で、梨世は一人の侍が暴漢に襲われている場面に遭遇した。

そして、彼女は気丈にも懐剣を抜き放ち、その侍の危難を救おうとしたのだ。

だが、その暴漢の刃が、梨世を袈裟懸《けさが》けに斬《き》ってしまった。

そのとき命を救われた侍こそ、加納久通だった。

死の間際、梨世が十一歳の誠十郎に言い残した言葉があった。

《侍は、義に義をもって応えるのです。決して悪に手を貸してはなりません。そして、無用な諍《いさか》いは控え、正義を貫いてお生きなさい――》

誠十郎はこの言葉に導かれて、久通より目安箱改め方の役目を拝命したのだ。

しかし、もう一つ、大事なことがあります――

誠十郎は、天に向かって訴えた。

私が真崎京之介の命を奪ったという事実は、決して消えません。

けれど、闇討ちの理由を明らかにすることも、侍の一分《いちぶん》にほかなりません。

その真相を暴《あば》くことで、千恵どのにさらなる苦しみを与えるならば、決着をつけた暁《あかつき》に、腹をかっ捌《さば》いて詫びましょう。

さすれば、母上、冥途《めいど》で私をお迎えいただけますか。

一瞬、誠十郎は空を見やった。

母の顔が、静かにほほ笑んでいるような気がした。

日本橋の先の一石橋《いちこく》を渡り、お堀端の広い道を歩いた。

四谷塩町にたどり着いたとき、四つ半（午前十一時）を過ぎていた。

菊屋は、界隈では有名な菓子屋で、茶店を兼ねている。

誠十郎は、店先の床几《しょうぎ》に腰を下ろした。

「いらっしゃいませ」

若い娘が近づいてきた。

格子柄の淡い藍の小袖に、前掛け姿である。

「お暑うございますねえ。何かお持ちいたしましょうか」

汗だくの誠十郎に、娘は愛想を言った。

「茶と小梅餅をお願いします」

「はい、承知いたしました」

娘が店の奥に姿を消した。

誠十郎は手拭《てぬぐい》で汗を拭《ふ》きながら、改めて店の中を見回した。

店先に床几が五つ置かれており、奥に上がり席もある。

客は少なくないが、武家屋敷の多い界隈のせいか、侍の姿が目立つ。

「おまちどおさま」

娘が運んできた茶と菓子皿を、床几の脇に置く。

菓子皿に盛られているのは、白い鶉《うずら》の卵大の餅だった。

それを一つ摘《つま》み、口に放り込む。

求肥《ぎゅうひ》に包まれた餡《あん》が、絶妙に甘い。

しかも、その中に、甘酸っぱい梅肉が仕込んであった。

「うまい――」

茶を啜《すす》る。

その様子に、娘が目を細めた。

「娘さん、ちょっと聞きたいことがあるのですが」

「へっ、何でしょう」

「ひと月ほど前、ここへ私の知り合いが立ち寄ったのですが、覚えはないでしょうか。顔立ちは瓜実顔で、目が細く、鼻筋の通った私と同じくらいの年恰好《としかっこう》の侍なのですが」

誠十郎は、真崎京之介の特徴を挙げた。

怪しまれぬように、小梅餅を食べ、茶を啜りながら、さりげなく訊く。

「さあ、そうおっしゃられましても、お客様は大勢お見えですから」

「ちょうど額の真ん中辺りに、かなり大きな黒子《ほくろ》があるのですが」

と誠十郎は付け加えた。

「ああ、そういえば、たしかにお見かけいたしましたね、そういうお侍さんなら」

娘は思い出したようにうなずく。

千恵が話していた通り、真崎京之介はやはりこの店の常連だったのだ。

「その侍は、いつも一人でしたか」

「いいえ、たいてい、お連れのお武家様とご一緒でしたよ」

「その方は、どこの誰かご存じですか」

「いいえ、そんなことまでは分かりません」

娘は表情を堅くして、慌てて首を振った。

どうやら、誠十郎に不審の念を抱いたらしい。

訊き方がまずかった、と彼は思った。

「実は、私はその侍の妹と知り合いなのですが、その侍が行方《ゆきがた》知れずになり、探してほしいと頼まれているのです」

誠十郎は俯《うつむ》いて言った。

我ながら、嘘がうまくなったと思う。

「まあ、そういうご事情だったのでございますか」

途端に、娘の顔つきが変わった。

「そういうことでしたら、話は別でございます。けれど、本当にお名前も、どちらのご家中かも、存じ上げないんです。――ただ、ちらりと別の場所でお見かけしたことはございますけど」

「どこで見かけたのですか」

「すぐそこの市ヶ谷御門近くの、御先手組のお屋敷の前でございます。向かい側の大きなお屋敷へ入っていかれるのを、ちらりとお見かけいたしました」

誠十郎ははっとした。

その大きなお屋敷といえば、目安箱改め方を拝命したおり、加納久通が最も警戒すべき相手として、誠十郎に暗示した人物の屋敷にほかならない。

「ありがとうございました」

誠十郎はお代を置き、立ちあがった。

が、店を出ようとして足を止め、振り返った。

娘が吃驚《びっくり》した表情で見た。

誠十郎は言った。

「して、そのお方の顔や、体つきは」

「それは――」

娘の言葉を耳にしたとき、誠十郎はもう一度、驚愕《きょうがく》に見舞われた。

六尺近い、長身瘦軀《そうく》。

顔の骨に皮膚が張り付いたような細面《ほそおもて》で、目が大きい。

尖《とが》った顎《あご》の左側に、一寸くらいの刀傷。

背筋を冷たい汗が流れた。

千葉幡士郎――

そのとき、娘がまた口を開いた。

「いま思い出したのですが、そのお武家様、このひと月ほど、頻繁にこの店の前をお通りになりましたよ」

誠十郎は息を呑《の》んだ。

あの大名屋敷へ行くためだとしたら、この店の前を通らざるを得ない。

三

御先手組の屋敷の横を、誠十郎は歩いていた。

真夏の日盛りのせいか、渇いた道の前後に人影はなく、蝉《せみ》の声だけが響いている。

道の反対側に、長大な塀がゆるやかに湾曲するように続いていた。

大名屋敷である。

禄高は、六十一万九千五百石。

その権威は諸大名の上首にあり、登城に際して、庶士を問わず下座せしめる。

江戸城の営中、すなわち将軍の居所に佩刀《はいとう》を持ち込むことも許され、詰所は大廊下上の部屋という最上席だ。

さらに将軍へ謁見にあたっては、諸侯の《目見《めみえ》》とは区別され、《対顔》の語が用いられるという特別扱い。

任官叙位もまた従二位大納言と、極位極官だった。

尾張《おわり》藩主、徳川継友《つぐとも》である。

誠十郎は大きく息を吸った。

あまりにも巨大な相手である。

この屋敷へ出入りしていた千葉幡士郎が、真崎京之介と度々《たびたび》会っていたということは、何を意味するのか。

しかも、今度の栄如の一件と、どう関わっているのだろう。

栄如は、公方《くぼう》様のご安泰を願われている。

その公方様の後ろ盾となられた月光院様が、帰依されているのが栄如だ。

徳川継友にとって、いずれも目障りな相手と言える。

ならば、排除しようと考えてもおかしくない。

誠十郎は、静かに確信した。

昨晩、誠十郎を襲った一団の首魁《しゅかい》、あれは千葉幡士郎だ。

そして、その背後に隠れているのは、尾張藩だろう。

ここひと月の間、千葉幡士郎が何度もこの大名屋敷に出入りしていたのも、そのための策動と解釈すれば筋が通る。

彼らは、六月二十二日の幸徳寺の法会の日、何事か悪事を企《たくら》んでいるに違いない。

だからこそ、その企てへ近づく者を、極力排除しようとしている。

だが、それはどのような企てだろう。

誠十郎の気がかりは、もう一つあった。

千葉幡士郎の剣である。

これまで誠十郎が手合わせした相手とは、比較にならない。

昨晩は、たまたま手近に瓦《かわら》があったので、危機を脱することができた。

しかし、同じ手は二度と通用するまい。

瓦――

誠十郎は、実父木之元九右衛門が口にした言葉を、ふいに思い出した。

《想身流柔術とは、相手の力を逆用して、その攻撃を封ずる技にほかならん。相手の力が強ければ強いほど、技が決まったとき、その打撃は相手を打ち砕くことになるのだ。さながら、屋根から落ちた瓦が、自らの重みで粉々に割れ砕けるようにな――》

そのとき、道の向こうから来る人影が目に飛び込んだ。

思わず息を呑む。

夏だというのに黒い羽織姿。

腰に両刀と朱房《しゆぶさ》の十手《じつて》。

細面で、目の細い顔。

義兄の竜巻康之――

誠十郎は咄嗟《とつさ》に周囲を見回した。

まずい、誰もいない――

誠十郎が真崎京之介を返り討ちにした翌朝、康之の実父竜巻順三は切腹して果てたのだ。

遺書は残されていなかった。

とはいえ、成り行きから、誠十郎の罪を恥じた行為と映る。

実父の跡を継ぎ、定町廻同心となった康之は、誠十郎への復讐《ふくしゅう》の機会を常に狙《ねら》っているのだ。

「今日こそは逃がさんぞ――」

康之が吼《ほ》えるように怒鳴り、抜き放った剣先を横様にしたまま駆け寄って来る。

髻《もとどり》を乱すほど勢いで、いきなり斬りかかってきた。

誠十郎は背後に飛び退《の》いた。

が、二の手、三の手、と矢継ぎ早に康之の剣が炸裂《さくれつ》する。

ブン。

シュン。

刃音が身に迫る。

「兄上、やめましょう」

懸命に身をかわしながら、誠十郎は叫んだ。

「うるさい、死ねっ」

目に狂気の光があった。

康之は手元に刀の柄《つか》を引き寄せ、チャッと持ち直すと、
「この前は不覚を取ったが、今日こそは血祭りに上げてやる」
と叫び、猛禽《もうきん》の空撃のように刃を放《はな》った。
さらに間髪容《い》れず、横に払う。
誠十郎が柔術の構えを取る前に、雌雄を決するつもりだ。
後退と、身を避ける動作を瞬時に繰り返す。
誠十郎は息を切らしながら、浮き足立っている自分を意識した。
千葉幡士郎たちとの闘いの疲れと肩口の傷も、集中を乱している。
そのとき、石に躓《つまず》き、誠十郎の腰が落ちかけた。
目にも止まらぬ速さで、上段から刃が追撃を仕掛けてきた。
だが、康之の体が迫りすぎたせいで、手元が近くにあった。
誠十郎は相手の左手首を摑《つか》むと、我が身を落としながら巻き込むように投げた。
「うおーっ」
康之が奇声を発し、宙を飛んだ。
ずん、という鈍い響き。
唸《うな》りが聞こえたのは、一拍後だ。

が、誠十郎は後ろを見ずに、駆けだしていた。
昨晩と同じである。
追っ手の足音はなかった。
走りながら、ふと誠十郎は思った。
いまの一手、使えるかもしれない。

四

八つ半（午後三時）――
誠十郎は幸徳寺の境内を歩いていた。
大きな寺だ、と誠十郎は思った。
本堂の横手に回り、裏に続く長い庫裡《くり》に沿って歩く。
寺務所を探していたのである。
向かいから、作務衣姿の年若い僧が来るのが、誠十郎の目に留まった。
「すみませんが、御門主様にお会いするには、どちらへ行けばよいのでしょうか」
誠十郎は声をかけた。

「御門主様にでございますか」

若い僧は、驚いたように彼を見た。

誠十郎は懐から紹介状を取り出して、僧に見せた。

すると、僧の態度が一変した。

「どうぞ、こちらでございます」

と、みずから先に立ち、案内したのである。

四半時（三十分）後、誠十郎は栄如と対座していた。

四畳半ほどの、北向きの薄暗い板間である。

背後に小さな仏壇があるものの、ほかには文机《ふづくえ》と手箱しかない。

「――なるほど、お亡くなりになられた友の菩提《ぼだい》を弔《とむら》いたいとのお考えでございますか」

栄如が静かにうなずいた。

色の白い、痩せた小柄な僧である。

年は、七十過ぎだろう。

眼差《まなざ》しに、少しも険がない。

といって、ことさらに優しげに振る舞っているのでもない。

自然体なのだ、言葉も表情も、それに身振りまでも。

「血縁でもないあなたが、原崎というそのお方のことを、そこまで思いやられるからには、よほどの深い交誼《こうぎ》をお結びだったのでしょうね」

「はい、友となり十年になります」

口から出まかせを言うたびに、誠十郎は冷や汗をかいていた。

だが、ここが堪《こら》えどころだ、と彼は意を決した。

すべては、この栄如にまつわる噂《うわさ》の背後に隠された企てを探るためなのだ。

「しかし、私が原崎どののことで無念に思うのは、その死に様でございます」

「死に様――何か大病でも患《わずら》われたのですか」

「いいえ、病ならば諦《あきら》めもつきましょう。よしんば、不慮の事故に遭って亡くなったとしても、それも人の定めと思えば、流す涙が違っていたはずです」

「病でも事故でもなかったとは、いったい何事ですか」

「辻斬《つじぎ》りに遭いました」

「辻斬り――」

栄如が目を瞠《みは》った。

「はい、三月ほど前のことでございます。しかも、場所はこの幸徳寺の裏手の路地でした。そのとき、懐にこれが残されておりました」

そう言って、誠十郎は自分の懐から、折りたたんでおいた浮世絵を取り出した。

栄如がその絵にじっと目を落とした。

「原崎どのはこのようなものを描いて、日々のたつきを得ていたのでございます」

「これが、あなたにとっては友の遺品——いいや、大切な形見なのですね」

栄如の目が赤く潤んだ。

そして、一つうなずくと、その浮世絵を仏壇に供え、数珠を手にして経を読み始めたのである。

その読経《どきょう》の響きに、誠十郎は驚いた。

経文《きょうもん》とはどれも難解で、僧の別なく一本調子だから、眠気を催すものと思っていたのだ。

しかし、栄如の読経はそうではなかった。

あたかも、目の前にいる人間に語りかけているようなのである。

一つ一つの経文の意味を、そこに込められた御仏《みほとけ》の願いを、霊魂に静かに語りかけていたのだ。

無念の心を慰め、迷いや苦しみを癒し、深い慟哭《どうこく》の思いを和《やわ》らげてゆく。

その響きは、誠十郎の心までも洗い流してゆくのだった。心の奥にある苦しみや悔恨の念、孤独までもが、滝の水に打たれるように清められてゆく。

人々が栄如のことを尊崇してやまないのは、この力に縋《すが》りたいからだろう。経を読み終えると、振り返った栄如が静かに頭を下げた。

誠十郎も深々と低頭した。

「ありがとうございました。原崎どのも、これできっと成仏できたことでしょう」

「いいえ、私の経など、何ほどのものでもありません。しかし、このお寺の近くで命を落とされたのもご縁でしょう。心をこめて経を読ませていただきました。それにしても、辻斬りとは、慈悲深き御仏ですら、お怒りになっておられることでしょう」

その言葉に、誠十郎は時宜を得たと思った。

「誠に左様でございます。しかも、私がこの辺りで聞きましたところでは、近頃もまた何やら怪異な出来事が起きたとか」

「怪異な出来事――」

「はい。夜道で、人が締め殺されるような声が響いたり、人魂《ひとだま》が目撃されたり、そんな嫌な噂を耳にいたしました」

「それは困ったことですね」

「はい。そのおかげで心を痛めたり、気味悪がったりしている者も少なくないとか。――むろん、こちらのお寺は、そのような変事とは無縁でございましょうが」

するとと、栄如が小さく首を振った。

「いやいや、寺といえども、町方《まちかた》と何の違いはございませんよ。実は、小坊主の中に奇妙な物音を耳にした者がいるのです」

「本当でございますか」

誠十郎は、内心で手を打った。

栄如がうなずく。

「何でも、墓地の先の宝蔵《ほうぞう》近くで、真夜中に聞いたとのこと」

「どのような物音だったのですか」

「詳しくは存じませんが、ものを叩《たた》くような鈍い音がしたのだそうです。しかも、小坊主が悲鳴をあげると、音はふっと聞こえなくなったとか」

「いつ頃の出来事でございますか」

「たしか、三日ほど前だったと記憶しております」

お芳が狐憑きになった頃だ。

「その一度だけでございますか。物音がしたのは」

「はい」

うーん、と誠十郎は唸った。

またしても別の怪異のようである。

誠十郎は見つめている栄如の視線に気が付き、慌てて言った。

「しかし、その小坊主どのは、なにゆえに真夜中に墓地へ行ったのでございますか」

「空腹のあまり真夜中に寝床を抜け出して、墓地へ行ったのですよ。夜分、寺の庫裡には口にできる物は何もありません。墓のお供えを盗み食いするのは、修行中の小坊主なら誰でもすること。むろん、幼い時分に、私も散々盗み食いをいたしました」

「えっ、栄如様が、盗み食いをなさったのでございますか」

栄如は深々とうなずいた。

「盗み食いどころか、愚僧はあらゆる過《あやま》ちを繰り返し、ずっと悔恨の日々を送って参りました。おそらく、御仏に召されるまで、お詫びの日々は終わらないことでしょう。人とは生涯、迷いという闇の中を歩み続けるのです――ちなみに、あなたも、心に何か重いものを抱えていらっしゃるのではありませんか」

いきなり、栄如が言った。

誠十郎は言葉を失った。

栄如の目が、語りかけてくるように思えたのである。

この寺を訪れたのは、別の目的があったのですね――

それでも、一向に構わないのですよ。

寺とは、どのような人にも門が開かれているのですから。

栄如の表情がふっと緩んだ。

「いやいや、年甲斐《としがい》もなく、町の手相見のような真似《まね》をしたがるのも、愚僧の悪い癖でしてな。はははは」

「本日は、誠にありがとうございました」

誠十郎はもう一度頭を下げたものの、全身に冷や汗をかいていた。

五

夕刻――

誠十郎は新大橋を渡り、深川へ足を踏み入れた。

瓢箪長屋へ帰るところだった。

だが、千葉幡士郎たちの企ては、杳《よう》としてその真相が見えていない。

お芳の《狐憑き》の原因も、不明のままである。

幸徳寺の墓地でも怪異があったことが判明したが、それは謎《なぞ》を深めたに過ぎない。

ただ一つ、両者の接点があるとすれば、原崎直太郎の存在かもしれない、と彼は思った。

お芳が深夜に歩き回った辺りは、彼が辻斬りに遭った近くだ。

昨晩、誠十郎が襲われ、命を落としかけたのも同じ場所。

これらは、どう結びつく。

そのとき、誠十郎はもう一つ失念していた事実に思い当たった。

お芳のあとをつけた晩、失神した彼女の傍らに落ちていた湿った土のことである。

その瞬間、頭の片隅に、ふいに何かが触れた。

鳥の羽毛のような、軽い何かが。

しかし、それは意味を成す寸前に、音もなく消えた。

誠十郎は足を止めた。

いまのは何だ――

ため息をつくと、再び歩き出す。

誠十郎は深川元町を横手に見ながら、六間堀に架かった猿子橋を渡った。

彼の影が、橋の上に細長く伸びている。

涼しい風が、堀沿いの柳の枝葉を揺らしていた。

こんなひとときが、誠十郎は好きだ。

普通の人々が仕事を終えて、家路につく頃だ。

家に戻れば、障子紙が明かりに照らされ、煮炊きの煙と夕餉の匂《にお》いが漂っているだろう。

家の中からは、子供たちの笑い声と、小言を言う母親の声も聞こえてくるに違いない。
父親が腰高障子を開くと、いっせいに子供たちが飛びついてくる。
女房の笑顔が向けられる。
人の暮らしとは、かくもささやかな、平凡なものではないだろうか。
そんな暮らしを、自分も手に入れることができるだろうか。
そのとき、栄如の言葉が甦った。
《あなたも、心に何か重いものを抱えていらっしゃるのではありませんか――》
《人とは生涯、迷いという闇の中を歩み続けるのです――》
誠十郎はため息をつき、二つ目の角を左に曲がった。
瓢簞長屋のある北森下町は、もう目と鼻の先である。
雑草に覆われた辻を折れて、長屋の路地へ足を踏み入れた。
「あら、竜巻さん、お帰りなさい」
井戸端にいた女たちの声で、沈んでいた誠十郎の気持ちに明かりが灯《とも》った。
夕餉の支度のために、野菜を洗っている。
その中にまじって、男の子が洗い物をしている。
「こんばんは。皆さん、ご精が出ますね」

誠十郎も挨拶《あいさつ》を返した。

「ご精だなんて、そんなご大層なことはしてないよ。今日もまた、里芋と蒟蒻《こんにゃく》の煮っころがしを作るのさ」

お国が笑った。

「うちはひじきの煮物だよ」

向かいの長屋に住むおかねである。

「うちは大根の味噌汁さ」

おかねの隣のおときが、間髪容れずに言った。

「で、それを皆で分け合おうって算段だよ」

女たちが一斉に笑った。

「それは、ごちそうですね。私も、すぐに夕餉の支度にかからねば」

すると、おかねが言った。

「ときにさ、竜巻さんは手習いの方は、達者かい」

「達者というほどではありませんが、侍の心得として、両親から厳しく仕込まれました。それが何か――」

「この庄吉《しょうきち》がさ、てんでだめでねえ。寺子屋の先生にまで、匙《さじ》を投げられちまったくらいなんだよ」

おかねが、横にいる男の子を顎でしゃくった。

「おっかあ、おいらだって、字くらい書けるさ」

庄吉が言い返した。

おかねの倅《せがれ》で、年はたしか八つ。

洗っていた筆を振り回している。

「なにを寝言言ってるんだい。あれが字なら、地面を這《は》ってるミミズだって、さしずめ弘法大師様の書だってんだ」

「何だと、おっかあだって、無筆《むひつ》のくせして」

「馬鹿っ。親に向かって、なんて減らず口を叩くんだい」

まあまあ、と周りの女たちが仲裁に入った。

「それでね、竜巻さん、この子に手習いを教えてやってほしいんだよ。せめて自分の名前くらい書けなきゃ、まともな大人になれないからね」

誠十郎はうなずいた。

庄吉もいずれ、奉公に上がるか、親方のもとへ住み込まねばならないだろう。

「私でよければ、お教えいたしましょう」

「本当かい。ありがとうよ。だったら、代わりといっちゃなんだけど、ひじきの煮物、お裾分《すそわ》けするよ」

「あら、おかねさん、一人だけ抜け駆けするなんて、ずるいじゃないか」

そう言ったのは、お国だった。

「いつもの濃い味付けで飽き飽きだろうけど、うちの煮っころがしも貰《もら》っておくれよ」

「うちの大根の味噌汁もあげるよ」

口々に言う。

誠十郎は頭を下げた。

ここが自分の家だ。

「皆さん、ほんとうにありがとうございます。だったら庄吉、夕餉の後に稽古《けいこ》をつけてあげるから、うちへおいで」

誠十郎はうなずいた。

庄吉が嬉《うれ》しそうに見上げた。

六

翌朝――

誠十郎は、早々に朝餉を済ませた。

素早く身支度を整えると、三軒隣の梶田に一声かけて、一足早く瓢箪長屋を後にした。

今日は六月二十日、富樫道場において、想身流柔術の指南をする日である。

いつもなら、梶田とともに道場へ向かうのだが、気が逸《はや》っていたのだった。

康之から斬りかかられ、あわやという間際に、誠十郎は一つの手掛かりを摑んだ気がしたのである。

相手の懐の深くに、敢《あ》えて我が身を置く――

むろん、康之との戦いで、偶然にそういう成り行きとなったに過ぎない。

しかし、あれを一つの技に仕上げることができれば、どうだろう。

それが、誠十郎の足取りが速くなっている理由だった。

苛烈《かれつ》な攻撃に立ち向かったとき、外側にあっては防御一辺倒にならざるを得ない。

千葉幡士郎のごとき、並はずれた手足《てだ》りが相手であれば、防御すらもおぼつかないのだ。

となれば、一か八か、相手の懐に飛び込む――

誠十郎は、それしかないと思った。

だが、たとえ敵の内懐に入り得たとしても、その先が見えていなかった。

一撃で相手の攻撃を粉砕するには、どうしたらいいのだろう。

富樫道場で、その技を練る――

誠十郎の心づもりは、それだった。

道場の玄関を上がると、雑巾《ぞうきん》がけをしていた年若い門弟が立ち上がり、頭を下げた。

「竜巻先生、おはようございます」

天津《あまつ》という名の、住み込みの門人だった。

「ああ、おはようございます」

誠十郎も挨拶を返したものの、道場からは物音ひとつ聞こえない。

あまりにも早すぎて、門人たちがまだ来ていないらしい。

そのとき、廊下を通りかかった富樫が、誠十郎に目を留めた。

「おや、竜巻さん、やけに早いな。まっ、門人たちが集まるまで、奥へいらっしゃいな」

「はい、失礼致します」

誠十郎は頭を下げると、富樫に続いて廊下の奥の書斎に入った。

床の間《とこま》を背にして、富樫が正座した。

富樫の周囲には、堆《うずたか》く書物が積み上げられている。

道場での指南や、自身の稽古のときを除けば、彼はいつも書物を読みふけっているのだ。

誠十郎は下座に正座した。

「で、どのような悩みかな」

富樫がいきなり言った。

誠十郎は驚いた。

「どうしてお分かりになったのですか。私が悩んでいると」

「いつも決まった刻限に通ってくる貴公が、こんな早朝に息せき切って道場を訪れたとすれば、刻限を忘れさせる悩みがあると考えるのは、当然でしょう」

「参りました。その通りです。実は――」

誠十郎は、自分の柔術の限界に悩んでいる、と正直に話した。

話を聞き終わると、富樫がうなずいた。

「剣でも柔《やわら》でも、一つの道に通じようとする者は、必ず壁に突き当たるものです。拙者は柔の道には疎《うと》いが、一つだけ、感じたままを申し上げよう。貴公の柔は、優しすぎる」

「優しすぎる――」

「左様。相手を痛めつけるのではなく、力を削《そ》ぐことや、戦意を喪失させることばかりに意を用いていると、拙者には思える」

「誠でございますか」

誠十郎は身を乗り出した。

「あくまで私見だが」

誠十郎は押し黙った。

その通りかもしれない――

だが、千葉幡士郎の剣は、こちらの命を奪おうという気迫に満ちているのだ。

ふいに誠十郎は、実父木之元九右衛門の言葉を思い出した。

《柔術の基本は、二つあると心得よ。それは人を活《い》かす活法と、人を殺す殺法だ。この二つをともに自分のものにしなければ、柔の奥義に達することは出来ない――》

誠十郎は思った。

自分の柔は、活法でしかないのだ。

どうあっても、殺法を身につけなければならない。

「どうやら、何か閃《ひらめ》いたようですな」

富樫が言った。

「はい」

「私も、何度も壁に突き当たったものです。しかし、一つだけ言えることは、うんと悩むことで、壁は必ず乗り越えられるはずだ。しかも、そのとき人から教えられた技が、初めて自分の技となる。借り物でない、自分のものになるのですよ」

「自分のもの――」

誠十郎は、闇の中に一筋の光明が見えた気がした。


半時（一時間）後。

神田相生町の富樫道場は、熱気に包まれていた。

木刀を激しく打ち合う音。

床を踏み鳴らす足音。

門人たちの発する掛け声。

今日は、稽古の総見の日である。

一段高い上座に、道場主の富樫が胡坐《あぐら》をかいて座っている。

その傍らに、梶田が控えていた。

彼が紙と筆を手にしているのは、富樫の指示に従い、門人たちの癖や難点を書きとめるためだった。

稽古の後、それを基にして、富樫が門人たちに注意を与えるのである。

その道場の下座の畳敷きで、誠十郎が若い門人を投げ飛ばしていた。

「次の方、どうぞ」

汗を流しながら、誠十郎は声をかけた。

「はい」

勢いのある返事とともに、胴着姿の若者が立ち上がった。

松本《まつもと》という富樫道場の門人である。

年は十七歳で顔が丸く小柄だが、剣捌きはめっぽう激しい。
だが、相手をひたすら打ち負かそうとするあまり、力みすぎる癖がある。
互いに一礼する。
すぐに襟《えり》と袖口の取り合いとなった。
松本の顔面は、すでに真っ赤だ。
誠十郎が奥襟を探ろうとすると、すばやく身を引く。
そこを摑まれてしまうと、いっきに技を決められることを知っているのだ。
この道場で指南を始めてすでに三か月、松本も柔術のイロハが分かりかけている。
いつも投げられてばかりなので、今度は誠十郎を投げてやろうという目つきでもある。
気の強い若者だ。
稽古の後で、同い年の天津と口喧嘩《くちげんか》をしていることも少なくない。
《どういうことだ――》
相手に顔を近づけ、突っかかるように、唾《つば》を飛ばしながら怒鳴る癖もある。
だが、想身流柔術にとっては、その血気が思う壺《つぼ》なのだ。

奥襟を取ると見せかけ、払おうとした松本の左袖口を、誠十郎は素早く摑んだ。
一気に引き込み、体を寄せた。
相手の左肘《ひじ》の内側を、左肩に乗せる。
松本が空気のように飛んでいた。
だが、さすがに受け身で衝撃に耐えた。
「竜巻先生、もう一本」
すぐさま松本が跳ね起きる。
悔しそうな顔つきで挑みかかってくる。
すぐに、また投げられる。
さらに立ち上がる。
何度も繰り返しながら、誠十郎は思った。
これでは、だめだ――
体力を消耗させることはできても、相手の動きを一気に封じるには至らない。
殺法とは、いったい何だ。
あと数年、父が存命であれば、想身流柔術の攻撃の奥義を学べたかもしれない。
いまの技では、千葉幡士郎には通用しない。

すでに夕刻近かった。
技の工夫は、なかなか浮かばない。
そのとき、目の端に、上座にいる梶田が映った。
彼の剣は、文字通り、巨木を打ち倒すような打撃である。
それでいて、動きに無駄がないのだ。
あのような柔術の技がないものか。
富樫が、梶田の耳元に何か囁《ささや》いた。
梶田がうなずき、紙に筆を走らせる。
紙に筆――
頭の中で、何かが弾《はじ》けた。
意識が、ふいに空白になる。
昨晩、庄吉に手習いを教えていた場面が甦った。
脳裏の光景は、さらに時を遡《さかのぼ》ってゆく。
おかねと言い争う庄吉。
瓢簞長屋の路地に足を踏み入れる自分。
猿子橋の上に長く伸びた影。

頭の片隅に、音もなく触れたもの——
「あっ」
誠十郎は声を発した。
分かったぞ。
その瞬間、誠十郎の構えに隙《すき》ができてしまった。
すかさず、松本の手が誠十郎の奥襟にかかっていた。
力ずくで引きつけられた。
咄嗟に、誠十郎も相手の右襟を掴んだ。
ともに引き付け合う。
力比べになる。
松本が息を吸った。
そのとき誠十郎は肘を喉元《のどもと》に当て、一気に巻き投げを放った。
だが、松本の手が奥襟から離れない。
《手を放せ——》
鼓動の百分の一の叫び。
刹那《せつな》、誠十郎は左手を出した。

道場に重い地響きが轟《とどろ》いた。

誠十郎の体と松本の身がひと塊りとなり、畳に直撃したのである。

誠十郎は慌てて立ち上がった。

「松本君――」

松本が失神していた。

彼の肘が喉元に決まったまま、畳に落ちたのだ。

彼の左手の庇《かば》い手がなければ、喉仏が潰《つぶ》れていただろう。

むろん、命すら危なかった。

「竜巻、いったいどうした」

梶田が駆け寄ってきた。

「すみません。ついうっかりして共倒れになってしまい、私の重みと肘のせいで、松本君は受け身が取れず――」

そこまで口にして、誠十郎ははっと顔を上げた。

相手と自分の重みを重ねて投げる。

衝撃を急所一点に集中する。

これか――

「どうした」

「いいえ」

誠十郎は言葉を濁すと、倒れている松本に目を戻した。

上体を起こすと、背後に回って活を入れた。

うーん、という唸りとともに、松本が目を開いた。

だが、顔が苦悶《くもん》の表情に変わる。

「すまなかった。まだまだ私も未熟です。どうか許してほしい」

松本が見上げた。

驚きの表情に変わっている。

「いいえ、竜巻先生。頭など下げないでください。それよりも、いまの技は何ですか」

誠十郎は立ち上がった。

「瓦落とし――」

口をついて、勝手に言葉が出ていた。

「えっ」

「屋根から落ちた瓦は、自らの重みで砕け散るのです。柔術も同じだと、父上から教わりました」

「すごい技だな」

梶田が言った。

いつの間にか、道場じゅうが静まり返っていた。

第四章　真相

一

六月二十一日。

誠十郎は、朝日の中を駆けていた。

吾妻橋を渡り、浅草寺の脇を抜けた。

昨日、富樫道場において誠十郎の脳裏に閃《ひらめ》いたのは、原崎直太郎とお芳をつなぐものだった。

筆――

お芳の実家は、池屋という筆屋だった。

お久が話していたのを、はっきりと覚えている。

そして原崎直太郎は、韮山屋から版下絵の仕事を貰《もら》っていたという。絵を描くには、筆がいる。

二人が知り合いだった可能性は、十分にある。が、それだけでは、お芳が狐憑《きつね》きになる理由が分からない。

誠十郎の狙《ねら》いは、それを探ることにあった。

しかし、お久の口ぶりからすると、池屋はもうないらしい。

お芳に直接問いただしたとしても、口を開くかどうか疑問だった。

むろん、お久や長次郎に訊《き》くという手も、ないわけではない。

だが、誠十郎が調べまわっていることを、感づかれる恐れがある。

目安箱改め方の役目は、絶対に人に知られてはならない。

だからこそ、巣鴨原町へ向かっていた。

池屋があった近所で聞いて回れば、お芳の両親の行方《ゆくえ》も分かると思ったのである。

巣鴨原町にたどり着いたとき、四つ（午前十時）を過ぎていた。

町屋よりも武家屋敷が多い界隈《かいわい》で、王子権現にも近い。

誠十郎は一軒の酒屋に目を留めると、迷わず紺暖簾《のれん》をくぐった。

「いらっしゃい。酒ですか」

前掛け姿の中年の男が、愛想笑いを浮かべて出てきた。

「申し訳ない、酒を買いに来たのではありません。教えていただきたいことがあるのです」

「へえ、そりゃかまいませんけど」

中年男は嫌な顔も見せずに言った。

「以前、この辺りに池屋という筆屋があったと聞いたのですが、ご存じですか」

「ああ、池屋さんね。そりゃ知ってますよ」

「もう店はないのでしょう」

「ええ、旦那が五、六年前に亡くなり、女房のおそめさんが店を切り盛りしていましたけど、女手一つじゃ商いもうまくいかなくてね。三月ほど前に看板を下ろしちゃいましたよ」

お芳の父親が亡くなっていると知り、誠十郎は狼狽《ろうばい》した。

だが、母親はまだ健在らしい。

「だったら、おそめどのは、その家にお住まいなのですか」

「いいや、娘さんが嫁いだ直後に引っ越しましたよ」

「転居先はどちらか、ご存じありませんか」

誠十郎がそう言うと、さすがに中年男は顔を引いた。

「おたくさん、どうしてそれを知りたいんですかい」

「実は、私の友が池屋さんの筆を探しているのです」

もはや誠十郎に躊躇《ためら》いはなかった。

「ほう、おたくさんの友達が筆をね――」

「はい、浮世絵の版下絵を描くのが仕事なのです。池屋で入手した筆の具合がいいと申しており、もしも残っている筆があるのなら、是非手に入れたいと思いまして」

「ああ、そういうことだったんですかい。だったら教えて差し上げたいけど、あいにくと引っ越し先は知らないんですよ」

「左様ですか。ありがとうございました」

誠十郎は落胆しなかった。

この界隈には、池屋のことを覚えている人がまだいるに違いない。

町中を歩き回った挙句、誠十郎は蕎麦《そば》屋の看板を見つけた。

よし、と誠十郎は自分に気合を掛けて、暖簾をくぐった。

「――旦那がぴんぴんしていた頃は、池屋もそこそこに繁盛していましたけど、おそめさんは商売が下手でね」

蕎麦屋のお運びの女は、誠十郎の問いに、疑う様子もなくそう言うと、

「それにこっちの方が好きで、商売に身が入ってなかったんですよ」

と左手で呑《の》む真似《まね》をした。

「お酒ですか」

「亡くなった亭主の方もご同様でしたっけ。だから、お芳ちゃんみたいな気立てのいい娘がどうして育ったのか、不思議に思っていたんですよ。店の仕事もよく手伝っていたし、得意の針仕事で家計も助けていましたから。ほんとうに健気《けなげ》な子でしたねえ。しかも、あの器量だっていうのに、浮いた噂《うわさ》一つなかったんですから」

「しかし、杉田屋というお店《たな》のご主人のもとへ嫁がれたと聞きましたけど」

「そうらしいですねえ。よく知らないけど、杉田屋さんていう人は果報者ですよ」

だが、お運びの女も、おそめの引っ越し先は知らなかった。

その次に誠十郎が声をかけたのは、路地裏の煮売り屋の女主人だった。

惣菜《そうざい》を扱う店なら、近所の住人について知っているはずと踏んだのである。

「──ああ、お芳ちゃんのことかい。あの子は別嬪《べっぴん》だったねえ。この辺りじゃ、評判の小町娘で、方々の男が付文《つけぶみ》したり、口説《くど》いたりしたようだけど、誰も相手にされなかったっけ。──けど、どことなく幸薄い感じがあったねえ」

「どういう意味ですか」

「だってさ、杉田屋という店の主人に嫁いでいったとき、何だか暗い顔をしていたもの」

煮売り屋の女主人は、自分の言葉にうなずいた。

「ときに、おそめどのの引っ越し先を、ご存じありませんか」

方々で訊いて回った質問である。

だが、女主人は肩をすくめた。

「知らないねえ。こんなことを言っちゃなんだけど、おそめさんは薄情なところがあってさ。ご近所の義理も平気で欠くし、引っ越しのときだって、挨拶《あいさつ》一つなかったんだから」

女主人は怒ったような顔で言った。

誠十郎もさすがに内心の落胆を隠せなかった。

礼を言い、煮売り屋の前を離れようとした。

そのとき、ちょっとお待ちなさいよ、と背中に声がかかった。

誠十郎は振り返った。

煮売り屋の女主人が手招きしている。

「お芳ちゃんの幼馴染《おさななじみ》なら、もしかしたら引っ越し先を知っているかもしれないよ」

「幼馴染がいるのですか」

「すぐそこの常盤屋《ときわや》さんという道具屋の、お里《さと》ちゃんという娘だよ」

誠十郎は頭を下げると、教えられた方角へ走った。

二

常盤屋は表通りに店を開いていた。

暖簾のすぐ先の上がり框《かまち》近くまで火鉢や桐簞笥《きりだんす》、琴などが置かれている。

帳場の横にも、徳利や蕎麦猪口《ちょこ》、それに花瓶などの陶磁器が並べられていた。

帳場に座っているのは、濃い海老茶縞《えびちゃじま》の着物姿の四十男だった。

髭《ひげ》の剃《そ》り跡が青々としており、目鼻立ちは整っているものの、頑固そうな面構《つらがま》えである。

眉間《みけん》に皺《しわ》を寄せて算盤《そろばん》を弾《はじ》きながら、ときおり帳面に何か書き込んでいる。

ここの主人だろう、と誠十郎は思った。

迂闊《うかつ》に飛び込んで、お里の名前を出せば、変に勘ぐられて塩を撒《ま》かれるかもしれない。

どうする――

誠十郎はふと思いついた。

「すみませんが、ご主人ですか」

暖簾をくぐりしな、彼は声をかけた。

「へえ、何かお探し物でございますか」

「いいえ、その逆です。実は、金に替えたいものがあるのですが、どの程度の値打ちがあるか、見ていただきたいと思いまして」

はいはい、と主人は愛想を引っ込めてうなずき、算盤と帳面を脇に置いた。

このご時世、売り物を持ち込む浪人は、さして珍しくないのだろう。

「で、どのようなものでございますか」

と、じろじろと誠十郎を眺めまわし、かすかに不審の顔つきとなった。

腰にあるべき差料がないからだろう。

「これです」

誠十郎は、懐から折りたたんだ浮世絵を差し出した。

原崎の描いた絵である。

「ははぁ、この手のものですか」

主人は憐《あわ》れむような笑みを浮かべ、首を横にした。

「お武家様、申し訳ございませんが、これは二束三文にもなりませんよ」

「えっ、まさか」

誠十郎は、わざと驚いてみせた。

「これが元禄頃の菱川師宣《ひしかわもろのぶ》の浮世絵版画や、寛延頃の宮川長春《みやがわちょうしゅん》の軸物なら、値も付きますが、最近の浮世絵版画ってものは、鼻紙か風呂の焚《た》きつけにしかなりませんからね」

「そういうものなんですか――」

わざと肩を落とし、大袈裟《おおげさ》にがっかりしてみせる。

その様子にいささか心を動かされたのか、主人が言った。

「何か、この浮世絵に仔細《しさい》がおありなのでございますか」

「はい、実は、この浮世絵は知り合いから譲り受けたものなのです。そのおり、たいそうな価値があると言われました。むろん、すぐには信じられなかったのですが、もしも疑うのなら、池屋という筆屋に持ち込んでみろ、大金で買ってくれるから、とそう言われたのです」

「池屋さんが、ですか」

主人が驚いた表情になった。

「ええ、池屋のお上さんがこの絵にご執心で、譲ってほしいと申したのだとか。私もそのことを思い出して、さきほど池屋へ赴いたのですが、店がなくなっていました。しかも、お上さんの引っ越し先を誰も知らないのです——困りました。この絵を売った金で、差料を質屋から受け出せると思っていたのに」

誠十郎は、独り言のように愚痴ってみせる。

「ちょっとお待ちください。その話、本当でございますか」

主人がもう一度浮世絵に目を落とした。

それから、上目遣いに誠十郎を見た。

言葉巧みに、この絵を高く売りつけようという腹か、そういう目つきである。

道具屋だけあって、幸太やおゆうにコロリと騙《だま》された誠十郎とは違う。

「それなら、うちの娘が、引っ越し先を知っておりますので、お教えするように申しましょう」

主人はにやりと笑った。

あぶない品物には、手を出すまいと決めたのだろう。

それから、奥に声をかけた。

「お里や――ちょっと、こっちへおいで」

やがて、若い娘が顔を出した。

紅色の派手な小袖を身につけた、丸顔の娘である。

「何なの、おとっつぁん」

「こちらのお武家様に、池屋のお上さんの引っ越し先を教えてさしあげなさい」

えっ、と娘が誠十郎に目を向けた。

それから、帳場の畳に置かれた浮世絵を見た。

主人は、誠十郎が語ったままの経緯をお里に説明した。

「まあ、そういうことでございますか。おそめさんなら、白山権現の横手にある御数寄屋《おすきや》町に住んでおりますよ」

「かたじけない。ご主人、娘さん、お手数をおかけしました」

誠十郎は頭を下げると、常盤屋を出た。

御数寄屋町へ足を急がせながら、誠十郎は、改めて今回の一件について思いを巡らせた。

栄如に対する中傷の噂を流しているのは、どう考えても、千葉幡士郎たちの仕業としか思えない。

だが、それは何のためだ。

以前にも感じた疑問が、一層の矛盾の様相を見せている。

計略を秘密裏に推し進めながら、人々の目を、狙いとする栄如へ向けさせているのだ。

しかも、人々の大勢集まる法会が狙いらしい。

誠十郎は腕組みし、宙を睨《にら》む。

考えられるのは、要人の暗殺だった。

栄如か、あるいは月光院様のお使いのお方か――

首を振った。

僧侶や婦女子を血祭りに上げたとて、民心を逆撫《さかな》でするだけだ。

ならば、騒動か。
人々が巻き込まれ、多くの負傷者が出れば、その怒りは寺に向けられるかもしれない。
しかし、騒動を起こす確実な方法など、果たしてあるのだろうか。
それに、杉田屋の周囲で頻発している怪異は、何を意味するのだろう。
ふいに、康之のことが気になった。
定町廻同心には、受け持ち区域というものが決まっている。
康之の回るべき区域は、浅草、鳥越、吉原周辺のはず。
なぜ、市ヶ谷御門の近くを歩いていたのだ。
定町廻同心の数は、南北の町奉行所を合わせてわずか十二名。
臨時廻同心を含めても、二十四名に過ぎない。
昼間、あのような場所で油を売っていることは、到底許されない。
謎が多すぎると、誠十郎は思った。
「お武家様——」
いきなり背後から声がかかった。
誠十郎は立ち止まると、振り返った。

お里が立っていた。

息を切らしているのは、追いかけてきたからだろう。

「さっきのあの話、嘘でございましょう」

お里がいきなり切り出した。

「どうして、そう思われるのですか」

誠十郎は逆に問い返した。

「だって、おばちゃんが、あの浮世絵にご執心のはずがありませんから」

お里が真剣なまなざしで、誠十郎を見つめる。

《おばちゃん》とは、おそめのことと察しがついた。

誠十郎はわずかに頭を下げた。

「その通りです。嘘は謝ります。どうしても、おそめどのの引っ越し先を知りたかったのです。しかし、あなたはなぜ、おそめさんがこの浮世絵にご執心ではないと思うのですか」

一瞬、お里は考え込んだものの、すぐに顔を上げた。

「その前に、お武家様が、おばちゃんに会いたいという理由を教えて下さい」

「分かりました。実は数日前、私は杉田屋で井戸掘りの日雇い仕事をしました

――」

誠十郎は、店で暴れた浪人たちに立ち向かったことがきっかけとなり、お久から、お芳の狐憑きの相談を受けたことを語った。

しかも、その晩、お芳が不可解な動きを見せたことも、あえて隠さなかった。

幼馴染のお里ならば、お芳のことを口外するはずはないと思ったのである。

だが、それ以外の怪異については黙っていた。

話を聞き終わると、お里は「やっぱり」とつぶやき、顔を上げた。

「だったら、私も正直に申し上げます。おばちゃんはあの浮世絵が嫌いなんです。だって、あれは原崎様がお芳ちゃんを描いたものなんです」

あっ、と誠十郎は声を上げた。

絡み合った謎の糸の一端が、ふいに解けたのである。

「だったら、原崎どのとお芳どのは、想《おも》い合う間柄だったということですか」

誠十郎の問いに、お里がうなずいた。

「ところが、原崎様があんなことになってしまい、お芳ちゃんはひどく悲しんでいました。だから、私に一言の相談もなく、杉田屋さんの後添えに入ったと聞いたとき、ほんとうに驚いたものです」

「そういうことがあったのですか」

誠十郎は大きく息を吸った。

こうなればどうあっても、お芳が杉田屋へ嫁入りした経緯を、おそめから訊き出さねばならない。

三

加賀中納言と本多美濃守《みののかみ》の屋敷に挟まれた道を抜け、駒込片町へ足を踏み入れた。

空が輝きを失いつつあった。

御数寄屋町で、誠十郎はすれ違った高葉下駄の男に声をかけた。

「お急ぎのところすみませんが、ちょっと教えていただけませんか」

「へっ、何でございましょう」

男は立ち止まった。

襷掛《たすきが》けした形《なり》で、左手に台箱を下げ、頭に簪《かんざし》を挿しており、男髪結いと一目で分かる。

女の住まいを探すとなれば、この手の職人に訊くに如《し》くはない。

「この近所に、おそめという人が住んでいると聞いたのですか、ご存じではありませんか」

「ああ、おそめさんなら、存じ上げておりますよ」

髪結いの男は、おそめの住んでいるしもた屋への道順を手際よく教えてくれた。

「ありがとうございました」

礼を言い、しもた屋へ向かおうとした。

すると、背後から髪結いの男が呼び止めた。

「あのう、ちょっと」

「何でしょうか」

誠十郎は振り返った。

「あの家に行かれるのなら、気をつけられた方がいいと思いますよ」

髪結いの男は、ためらいがちに言った。

「どうしてですか」

「おそめさんと一緒に住んでいる男は、ちょっと乱暴者でしてね。それに、二人ともお酒が入ると、かなり面倒ですから」

「その男の人は、どういうお仕事をなさっているんですか」

「以前は、白山権現様の参道脇で、玉子焼屋を営んでおりましてね。けど、弟が拵《こしら》えた借金の肩代わりをしてから、すっかり左前《ひだりまえ》となり、いまじゃ仕事もせずにぶらぶらしておりますよ。もっとも、おそめさんが転がり込んだので、一息ついたようですけど」

「おそめという人は、金持ちなんですか」

さあ、と髪結いの男は言葉を濁した。

誠十郎は、もう一度頭を下げた。

教えられたしもた屋は、考えていたよりも粗末なものだった。

格子戸を開け、声をかけた。

「ごめんください。おそめさんはいらっしゃいますか」

もはや時間はあまり残されていない。

「誰だい」

奥から不機嫌な声が返ってきた。

やがて、小太りの中年女が玄関に現れた。

釣り目の顔立ちで、縞柄の小袖を崩して身につけている。

誠十郎を目にして、怪訝《けげん》な表情を浮かべた。

「竜巻誠十郎と申します。教えていただきたいことがあって、訪ねて参りました」

「何を教えろと言うのさ」

「お芳どののことです」

おそめの顔色が変わった。

「何だか知らないけど、出て行っておくれ。さもないと、うちの亭主は怖いよ」

にべもない言い方である。

「ならば、しいて教えろとは申しません。しかし、お芳どののことで、聞いていただきたいことがあります」

「お芳は杉田屋さんにくれてやった娘だから、うちとは関係ないよ」

「それは、どういう意味ですか」

すると、おそめが野卑な笑いを浮かべた。

「もしかして、あんたも、そこらの男たちと同じ口かい」

誠十郎には、おそめの言葉の意味が分からなかった。

「空恍《そらとぼ》けてもだめだよ。お芳を見初めた男たちは、すぐこっちに尻尾《しっぽ》を振って来るんだからね、嫁にくれだの、妾《めかけ》にしたいだのと」

誠十郎は、呑み込めたような気がした。

お芳を杉田屋にくれてやったというのは、支度金が目当てだったという意味だろう。

亭主に死なれて二進《にっち》も三進《さっち》も行かなくなったこの女は、娘を金に換えたのだ。

そして、ここへ転がり込んで、別の男と自堕落な暮らしを送っている。

誠十郎は怒りを抑えて、言った。

「私は、お芳どのに懸想などしておりません。むしろ、心配しているのです」

「心配だって――」

おそめが疑わしい目で見た。

誠十郎はうなずいた。

「杉田屋へ嫁入りなさったお芳どのは、毎晩、尋常ならざる振る舞いを見せています。あたかも狐憑き――いいえ、物《もの》の怪《け》に取り憑かれたとしか考えられない様子です」

「物の怪だって――」

おそめの顔つきが変わった。

「そりゃ、どういうことだい」

誠十郎は、自分の見聞きした出来事を語った。

最初の晩、長次郎がお芳の姿が見えないことに気が付いて、ひどく慌てたこと。

次の晩も、彼女が寝床を抜け出し、杉田屋の横手の路地で見つかったものの、何も覚えていないと言い張ったこと。

そして、三日目の晩、誠十郎と梶田の目の前で失神したこと。

誠十郎は身を乗り出した。

「母親のあなたなら、この狐憑きの原因に、何か心当たりがおありなのではありませんか」

「そ、そんなことを言われたって、あたいには――」

おそめは視線を逸《そ》らし、言葉を呑み込んでしまった。

そのとき、廊下の奥から男がのっそりと顔を出した。

顎《あご》のいかつい、大柄な初老の男である。

「おい、おそめ、いったいどうしたんだよ」

「あんた。この人が、お芳のことでね――」

おそめが言いかけると、男は皆まで聞かぬうちに、

「てめえ、俺の女に難癖つけようっていうのか」

一歩踏み出し、顎を上げて凄《すご》んだ。

お芳を金蔓《かねづる》にしているのは、むしろこの男かもしれないと誠十郎は思った。

だが、彼は男を無視して、おそめに言った
「あなたは、奇態な振る舞いを続ける娘さんを放《ほう》っておくつもりですか。しかも、杉田屋の周辺では、これ以外にも奇怪な出来事が頻発しているのですよ。むざむざ見逃して、お芳どのが、物の怪に取り殺されてもいいのですか。この世でたった一人、血のつながった娘さんが闇の中で迷っているのに、母親が助けてやらないで、どうするのです」

「うるせい。とっとと失《う》せやがれ」

男が袖まくりして、右腕を振り上げた。

「あんた、ちょっと待って」

おそめが血相を変え、その腕を止めた。

「だけどよ――」

「お願い。大切なんだよ、あの子が」

そう言うと、おそめが誠十郎に向きなおった。

「竜巻さんとか言ったね」

「はい」

「蓮《はす》っ葉《ぱ》な口をきいて、ごめんよ。お芳は、本当に物の怪に取り憑かれているのかい」

「それは分かりません。ですが、お芳どのが杉田屋に嫁入りした経緯を話していただけませんか」

「でも、見ず知らずのあんたが、どうしてそこまでお芳のことを――」

「杉田屋に、幸太とおゆうという子供がいることはご存じでしょう。実の母親に死なれて、二人はひどく悲しんでいます。お芳どのが狐憑きとなり、杉田屋のご主人はそのことで頭が一杯で、二人を構ってやれないから、なおさらなのです。私も、幼い時分に母に死に別れましたから、二人の気持ちがよく分かるのです。お節介は承知の上です」

一瞬、おそめは考え込んだ。

が、すぐに顔を上げ、おずおずと口を開いた。

「間に人を立てて、杉田屋さんからお芳を嫁に貰いたいと話が来たのは、この春先のことだったよ。長次郎さんは、お芳よりもかなり年が上だけど、人柄もしっかりしているし、深酒や遊びとも無縁で、いい縁談だと思ったんだ。まして、杉田屋のあの繁盛ぶりだからね。しかも、大枚の支度金を出すと言ってくれたし、水仕事や奥向きの用事も下女にさせるから、身一つで嫁に来て、遊んで暮らしていればいいとまで言ってくれてね」

「しかし、お芳どのが、乗り気ではなかったのですね」

誠十郎が言うと、おそめは驚きの表情を浮かべた。

誠十郎はうなずいた。

「原崎どののことですね」

「そんなことまで、知っているのかい――」

おそめは悲しげに眉根《まゆね》に皺を寄せると、

「おかしいとは思っていたんだ。昨年の暮れ頃から月に二度も三度も、おとっつぁんの墓のある幸徳寺へお参りに行くんだから。で、あたいは、お芳のあとを何度もつけてみたんだよ。ところが、いつも幸徳寺の境内の人ごみで、姿を見失ってしまったのさ。だから、とうとう堪忍袋の緒が切れて、戻ってきたお芳に半日も膝詰《ひざづ》めで問いただしたんだ。すると、原崎というお武家と逢《あ》っていたと、渋々と認めたのさ」

「原崎どのが筆を買い求めに来て、店番のお芳どのと知り合ったのですね」

おそめは苦しげにうなずいた。
「どこで逢われていたのですか」
「それだけは頑として話そうとはしなかったよ。ともかく、池屋が左前になって
から、かなりの借金ができちまって、二進も三進も行かなくなっていたから、こ
こは目をつぶって嫁入りしてくれと、あの子を責め立てたのさ」
おそめは長い息を吐いた。
しかし、お芳の決心は変わらなかったという。
原崎直太郎と一緒になると言い張ったのである。
ところが三月前、原崎直太郎が辻斬りに遭い、亡くなってしまった。
知らせを耳にしたお芳は、しばらくの間半狂乱だった。
悪いことは重なるもので、借金の取り立てが厳しくなり、店を明け渡さなけれ
ばならないところまで追いつめられてしまったという。
「そこに至って、とうとうお芳は根負けしたように、泣きながら首を縦に振って
くれたんだ。私はもう死んだ身も同然だから、そんな自分でよければ黙って嫁に
行き、おっかさんに楽をさせてあげると言ってくれたんだよ」
おそめは、いきなり廊下にしゃがみ込んで泣き出した。

そして、しゃくりあげるように言った。

「本当に可哀想《かわいそう》なことをしたよ。狐が憑くほど好きだったのなら、原崎さんに添わせてやればよかった。そうしていたら、いまごろは二人で仲よく暮らしていたはずなのに――」

誠十郎の脳裏に、いくつもの断片が浮かび上がっていた。

お芳の狐憑き。

栄如の悪い噂。

目安箱に投ぜられた訴状。

杉田屋の周囲で立て続けに起きた怪異。

辻斬りに遭った原崎直太郎。

千葉幡士郎たちの暗躍。

明日に迫った法会。

だが、それらの奥に小さな何かが見えた。

黒い物――

どうしても、それが何か分からない。

誠十郎は二人に一礼すると、しもた屋から駆け出した。

すでに夕闇が迫っていた。

四

誠十郎は、道の両側に小さな寺が密集した団子坂を抜けて、日暮里へ向かった。気が急《せ》いていた。

お芳の狐憑きは、死んだ原崎直太郎が原因であることは疑いなかった。彼女が長次郎に他人行儀なのも、原崎に心を残しているからだろう。しかし、死んだ人間が、どうしてお芳を狂わせることができるのだろう。それが怪異を招き寄せるのは、なぜか。

まして、これらのことが千葉幡士郎たちの企てと、どう関わっているのだ。

天王寺横の門前町の近づくにつれて、人通りが多くなった。揃《そろ》いの法被《はっぴ》姿の男たちや襷掛けした女たちが、急ぎ足で通り過ぎる。しもた屋や茶店の軒先には、ずらりと提灯《ちょうちん》が下げられ、道を明るく照らしていた。

明日に迫った幸徳寺の法会の準備だ。

誠十郎は足を速めた。

杉田屋にも煌々《こうこう》と明かりが灯《とも》っており、上がり座敷は客で埋め尽くされていた。

祭見物の客が、すでに詰めかけているのだろう。

客たちの間を、店の者が歩き回っている。

誠十郎は、前掛け姿のお久に目を留めた。

女隠居といえども、のんびりしていられないのだ。

「あら、竜巻様じゃありませんか」

お久が彼を目ざとく見つけて、縁側に出てきた。

「お久どの、ご精がでますね」

誠十郎は頭を下げた。

「おたくさんも、祭見物でいらしたんですか」

「いいえ、ちょっとお芳どののことが心配になって」

そう言うと、誠十郎は上がり座敷に近づいた。

「その後、いかがですか」

一瞬、お久の表情が堅くなった。

「ご心配いただいて、すみませんねえ。でも、倅《せがれ》が見張っていたので、幸い、ここ二日ばかりは何も起きていませんよ」

「今は、どちらに――」

「裏の家の方におります。奉公人を一人つけてありますから」

誠十郎は、《奉公人》という言葉に引っかかった。

「杉田屋どのは、どちらへ」

「倅だったら、檀家の束ね役として、昼過ぎに幸徳寺様へ参りましたよ。今夜は夜っぴて、お勤めしなけりゃならないんです」

「えっ」

誠十郎は息を呑んだ。

長次郎の目がなければ、お芳は家を出てしまう可能性があるのだ。

「お久どの、本当にお芳どのは家にいるのでしょうか」

お久の表情に、不安の色が広がった。

すぐに二人は店から裏の住まいへと向かった。

渡り廊下でつながった家は、しんと静まり返っていた。

「お芳、お芳――」

お久が声を張り上げた。

返事がない。

「あっ、女将《おかみ》さん」

廊下の角で、二人は若い女と鉢合わせした。

お久の顔色が変わった。

「ここで何をしているんだい。お芳を見張っていろと言い付けてあったじゃないか」

「すみません、ちょっとご不浄に行っておりまして」

「そこを、おどき」

いまや、お久は小走りだった。

誠十郎がそのあとを追う。

「お芳、どこにいるんだい」

奥座敷の前の廊下を抜けて、渡り廊下を走った。

廊下の途中に、幸太とおゆうが足を投げ出して座っていた。

「幸太、おゆう――」

お久が声をかけた。

二人は驚いたように立ち上がった。

吃驚《びっくり》した表情を浮かべている。祖母の背後に立つ、誠十郎に気がついたのだ。

「この前はごめんよ」

幸太が慌てたように頭を下げた。

「二人とも、元気にしていたか」

誠十郎は言った。

「ああ、もう悪さはしていないよ」

おゆうもうなずいた。

すると、お久が横から口を挟んだ。

「おっかさんは、離れにいるのかい」

一瞬、幸太とおゆうは黙り込むと、悲しげな目つきになった。

お久が口にした《おっかさん》という言葉が、実母の死を思い出させたのだろう。

誠十郎は無作法を承知で、離れの障子の外から声をかけた。

「お芳どの、そこにいるのですか――」

返事はない。

誠十郎は思い切って障子を開いた。

行灯《あんどん》が灯っているが、畳の間には誰もいなかった。

誠十郎は、幸太とおゆうを振り返った。

「これは大事なことなんだ、お芳どのがどこに行ったか知らないか」

幸太が、おずおずと口を開いた。

「あいつだったら、裏木戸から出て行っちまったよ」

「いつのことだ」

「ついさっきだよ」

「お芳どのは、何か言っていなかったか」

幸太が首を振ると、おゆうが口を開いた。

「あの人、いつも男の人とあそこの家に入って行ったわ。兄ちゃんとあたい、よく見かけたんだもの。だから嫌だったの、あの人が新しいおっかさんになるなんて――」

と、池の方を指差した。

その方向に目を向けた誠十郎の目に、崖《がけ》の上のしもた屋が見えた。

あっ。

誠十郎は息を呑んだ。

あれが、原崎の家作だったのか――

二人は人目を避け、借り手のいなくなった家作で逢瀬《おうせ》を重ねていたのだ。

その刹那《せつな》、誠十郎の脳裏で、ばらばらだった断片が一つの形をなした。

脳裏の奥の黒い物――

それは、坂の上に落ちていた泥だった。

井戸を掘ったときに見た土と、よく似た泥。

穴を掘る――

お芳は、それを勘違いして――

誠十郎は、お久に向きなおった。

「お久どの、早くしないと、大変なことになるかもしれません」

「どういうことですか」

「お芳どのの命が危ないんです」

お久が目を瞠《みは》った。

「自身番《じしんばん》へ走っていただけませんか」

「へえ、どうすればいいのですか」

「お役人に、人を揃えてあのしもた屋へ駆けつけるように頼むのです。幸徳寺が危ないと申してください」

「分かりました。でも、竜巻様は、どうなさるんですか」

「私は、お芳どのを助けます」

誠十郎は駆け出した。

五

杉田屋の横の路地を走った。

お芳が向かった先は、あそこしかない。

だが、そこが危険なのだ。

千葉幡士郎たちの企ては、最終段階に入っているはず。

誠十郎には、それがどのようなものか、ようやく読めた。

ふいに、飯屋の女将の言葉も思い出した。

《徳隠なんか、どこかのお大名から目の玉が飛び出すほどの寄進を受けたって聞いたから、月とすっぽんさ――》

その大名が尾張藩だとしたら、どうなる。
栄如が失脚すれば、門徒衆の上に徳川継友の息のかかった門主が立つことになるのだ。
その企てを、お芳だけが気が付いてしまった。
まったく別の思いから。
それが、狐憑きの原因だった。
いや、あれは狐憑きなどではなく、ひとえに人を想う行為だったのだ。
空に低く、月が出ていた。
その月光を浴びて、お芳の背中が見えた。
誠十郎は、あらん限りの力を振り絞って走った。
「お芳どの――」
誠十郎は怒鳴った。
一瞬、お芳が足を止めた。
振り返った。
潤んだ目が光る。
「いけない、そのしもた屋には、もう原崎どのはおりません」

「だったら、どうしてなのですか」
お芳が泣きながら言った。
誠十郎が駆け寄ろうとしたとき、お芳が戸に手をかけた。
その刹那、戸が開くと、黒い影がいっきに飛び出したのである。
黒装束に覆面姿の四人。
お芳が、弾かれたように地面に転んだ。
「やれっ」
一人の小太りの男が、声を張り上げた。
いっせいに抜刀し、お芳に殺到しようとした。
誠十郎は四人の中に分け入った。
その気勢に、四人が飛び退いた。
草履を脱ぎ棄《す》てると、誠十郎はお芳を左腕で庇《かば》いながら、右手を構えた。
「くそっ、またしてもおまえか」
真ん中の一人が、正眼に構えた。
ほかの三人が周囲を取り囲む。
ふいに右から剣が来襲した。

身を引いた瞬間、たたらを踏んだ相手の背中を押しやった。
うわっ。
しもた屋の壁に激突した。
入れ替わるように、左の男が斜めの太刀筋《たちすじ》から斬りかかってきた。
誠十郎は思い切り身を低くし、刃の気合をそいだ。
いきなり背後に殺気。
斜め前に跳んだ。
前転し、しゃがんだまま振り返る。
目の前に、大上段の構え。
その足もとへ毬《まり》のように体をぶつけた。
「あぅっ」
倒れこんだ男の首筋に、手刀を打ち込んだ。
ぐぁっ。
そのとき、刃が水平に飛来した。
飛び退く。
二の手、三の手と力任せの攻撃が続く。

相手の息が上がり、ふいに手が止まる。
その隙を見逃さなかった。
左手に回り込むと見せかけ、体が開いた相手の下に入り込んだ。
浮足立った相手の、右袖と左手首を摑んだ。
いっきに左にひねり投げた。
ずん、という音。
練塀に頭からぶち当たったのだ。
振り返ると、残りは一人だった。
小太りの体つき。
「下郎、もう許さんぞ」
だみ声を張り上げた。
その声は、千葉幡士郎が《藤間》と呼んだ侍である。
「私を斬りますか」
誠十郎はわざと言った。
「ええぃっ」
切っ先が飛んだ。

皮一枚の間合いで、刃をやり過ごす。

「そりゃっ」

柄を引いた藤間が、突きを放《はな》った。

左胸を引き、間一髪かわす。

「くそっ」

今度は袈裟懸けにきた。

誠十郎は、背後に跳び退いた。

この前は油断して、気迫をそがれてしまった。

だが、今日は違う。

「おのれっ」

藤間が必殺の気合で、左斜め上段から刃を放った。

風のように身をかわす。

その刹那、相手の右足の向こう脛《ずね》に蹴《け》りを入れた。

「ぐっ」

藤間が前のめりによろめき、構えが緩んだ。

一瞬にして、手首を捉《とら》えた誠十郎は、体を密着させ、外掛けに倒した。

「うおっ」

後頭部から落ちた。

藤間の腕から力が抜けた。

「竜巻様――」

坂の下から、お久の声が聞こえた。

大勢の人々が駆けてくる足音も響いてくる。

六

遠くで鐘が鳴り始めた。

戌《いぬ》の刻（午後八時）である。

誠十郎は、隅田川に架かる吾妻橋を渡っていた。

家路を急ぐと思《おぼ》しき職人や、川人足《にんそく》たちが行きかっている。

歩きながら、誠十郎は、別れてきた人々のことを思い返していた。

自身番から駆けつけた岡っ引きの手で、しもた屋の中はくまなく調べられたのである。

六畳間の畳をすべて上げると、床下には大きな穴が掘られていた。

しかも、穴は途中から横に伸びて、隣接した幸徳寺の宝蔵の真下にまで達していたのだ。

宝蔵の穴の周囲の土は湿っていたから、ほんの少し前に貫通したばかりだったのだろう。

藤間たちは今夜じゅうに、宝蔵から仏像や仏具を盗み出すつもりだったに違いない。

むろん、月光院が喜捨した金無垢《きんむく》の仏像も含まれていたはず。

そうなれば、明日のご開帳で、境内にあふれた門徒衆は驚愕《きょうがく》したことだろう。

いいや、大群衆が怒りださないわけがない。

法会に居並んだ幕府のお歴々も、栄如に不審の念を持たざるを得ない。

そのとき、栄如の破戒の噂が、嫌でも真実味を帯びてくることになる。

失脚は、決まったも同然である。

そして徳隠が門主となり、門徒たちに邪《よこしま》な考えを吹き込むのだ。

恐ろしい計画だ、と誠十郎は思った。

だが、岡っ引きは、藤間たちを単なる《盗賊》と思い込んだようだった。

誠十郎は、お久とともに、お芳を杉田屋へ連れ帰った。

すると、杉田屋の角に人影が見えた。

蒼い顔をした長次郎が、三人を出迎えたのだった。

幸太とおゆうもいた。

店の者が、幸徳寺へ知らせに走ったのだろう。

「お芳――」

長次郎が一歩近づいた。

「あなた――」

お芳は俯《うつむ》いたまま、足を止めた。

二人とも、そのまま黙り込んでしまったのである。

誠十郎は見かねて、口を開いた。

「お芳どの、あなたを大切に思っている方が、目の前にいることを思い出して下さい」

「でも、私は――」

お芳が口を開きかけた。

だが、誠十郎はその言葉を制して、続けた。

「あなたが狐憑きとなり、何も覚えていないのは事実でしょう。しかし、杉田屋どのは、あなたの狐憑きを必死で治そうと心を砕いているのですよ。そのせいで、自分の子供たちのことさえ忘れてしまうほどまでに」

「竜巻さん――」

長次郎が、誠十郎を見た。

それから、幸太とおゆうに目を向けた。

二人の目が真っ赤に潤んでいる。

「おとっつぁん――」

幸太が言った。

「おとうちゃん――」

おゆうも呼び掛けた。

長次郎ががっくりと項垂《うなだ》れた。

「その通りだ。私は馬鹿だった。この子たちが宝物だということを忘れていた」

長次郎は二人に近づくと両腕で抱き寄せた。

幸太とおゆうが、声を上げて泣きだした。

長次郎は子供たちをかたく抱きしめると、顔をお芳に向けた。

「――お芳、おまえもどうか許しておくれ。私は、おまえを金で買い求めた雛《ひな》人形のように扱ってきただけだった。しかし、夫婦《めおと》とはそんなものじゃない。ともに働き、泣き笑い分かち合ってこそ、本当の夫婦だ。これからは商売も子育ても、私に手を貸しておくれ」

長次郎が頭を下げた。

お芳の目にも、涙があふれていた。

その目が、誠十郎を見つめた。

なぜ本当のことを口にしないのか、と問う眼差《まなざ》しだった。

誠十郎はじっと見返し、心の中で彼女に語りかけた。

夜分、あなたは気が付いたのですね――

原崎どのと逢瀬を重ねたしもた屋から、奇妙な物音がすることに。

あなたは、雷に打たれたような気持ちだった。

原崎どのの霊魂がこの世に留《とど》まっている、と。

だから、あなたは家を抜け出し、あの辺りをさ迷った。

しかし、あそこでは、藤間たちの悪だくみが行われていただけだ。

ところが、杉田屋には昵懇《じっこん》の同心がおり、迂闊にあなたに手を出せなかった。
そこで怪異を装って、あなたを遠ざけようとしたのです。
猫を紙袋に押し込めて、赤ん坊の泣き声のような物音を立てた。
歌舞伎芝居で使う焼酎火《しょうちゅうび》で、人魂を見せた。
鞴《ふいご》を使って、つむじ風のような物音を立てた。
それでも、原崎どのを思うあなたの気持ちを、そぐことはできなかった。
でも御覧なさい、あなたを心から想っている人が、ここにもいる。
だから、すべては狐憑きだったということになさい――
誠十郎は、お芳の目が光るのを見た。
彼女はゆっくりと幸太とおゆうの背後に近付くと、二人の肩に手をかけたのである。
その姿を見届けて、誠十郎は杉田屋を後にしたのだった。
あとは、加納久通に報告するまでだ。
吾妻橋を渡りきり、すぐに右手へ曲がった。
墨田堤の道である。

月明かりを浴びた川面《かわも》は、銀の鱗《うろこ》のようなさざ波を見せていた。

辺りに人けはない。

そのとき、背後に足音を聞いた。

誠十郎は振り返った。

予感が当たった。

堤の道に、月明かりを浴びた千葉幡士郎が立っていた。

絽《ろ》羽織の袖に両手を入れている。

誠十郎が倒した四人の中に、この男の姿はなかった。

おそらく、汚れ仕事は藤間たちに任せて、外にあって指揮を執っていたのだろう。

「余計な手出しをしてくれたな」

千葉幡士郎が、野太い声で言った。

「あなたのしたことは、許されることでない」

誠十郎は言った。

「若造、たしか、竜巻と申したな。——おぬしはいったい何者だ」

「一介の浪人です」

「いいや、そうではあるまい」

薄い唇の端が持ち上がった。

「どうやら、始末しておいた方が良いようだ」

袖から両手を引き抜き、おもむろに鯉口《こいぐち》を切り、刀を抜き放った。

佇立《ちょりつ》した刃が、月光にぎらりと光った。

誠十郎は、草履を脱ぎ棄てると、腰を落として構えた。

千葉幡士郎が八双に構え、一歩踏み出した。

誠十郎は一歩後ずさった。

息を止めていた誠十郎は、やむなく息を吸った。

その刹那、千葉幡士郎が右足を踏み出すと、音もなく剣先を顔に向けた。

誠十郎は、いっきに汗をかいた。

切っ先で体の芯《しん》を刺されたように、身動きが取れない。

「柔は、剣の敵ではないぞ」

嗤《わら》うように千葉幡士郎が言った。

「闘ってみなければ、答えは出ません」

誠十郎は、じりじりと右に移動しながら言った。

「剣を持たぬなど、狂気の沙汰《さた》だ」

千葉幡士郎が、切っ先を獲物を狙う蛇のようにじりじりと動かす。

「剣は一本、柔は五体――」

相手は柄を引き、切っ先を向けたまま、右上段に構えた。

「剣は、柔の動きより速い」

言いながら、構えを正面に動かした。

「しかも、斬られれば、痛いぞ」

鼓動が異様に速くなっていた。

誠十郎は気がついていた。

千葉幡士郎は、わざと彼を煽《あお》りたてているのだ。

血気に逸《はや》れば、相手の思う壺《つぼ》である。

そのとき、千葉幡士郎の表情が柔らかくなり、

「柔は、人の命は奪えん」

その刹那、真空のように剣が振り下ろされた。

はっ。

誠十郎は間一髪で身をかわす。

が、息継ぎの隙もなく、剣が横ざまに奔《はし》った。
スン。
かつてない刃音。
背後へ跳んだ刹那、残っていた右手を、切っ先が掠《かす》めた。
一拍遅れて、激痛が走る。
意識が乱れたところへ、下段から突き上げてきた。
「うわっ」
誠十郎はよろめきながら、身をひねるだけで精一杯だった。
次々と構えが変わり、太刀筋が読めない。
千葉幡士郎が身を乗り出し、刃を天に向け、切っ先を誠十郎に向けた。
少しも息が切れていない。
しかも、まったく隙がない。
誠十郎は焦った。
《瓦落とし》を繰り出そうにも、そのきっかけがない。
だいいち、相手の懐に飛び込めない。
気づくと、切っ先が伸びてきた。

ヒュン――

一瞬の思考の間に、胸元に激痛が走った。

皮一枚が斬られ、宙に血が飛び散る。

両手が泳ぎ、足元がよろめく。

誠十郎は腰砕けとなり、背後に転がった。

千葉幡士郎の目が細くなり、唇の端が持ち上がった。

慢心が漏れた。

いっきに突進してきた。

「そりゃ」

千葉幡士郎の刃が打ち下ろされる。

いまだ――

誠十郎は素早く前転して、刃の下深くに飛び込んだ。

次の刹那、上体と顔を起こし、剣を掠めるように伸びあがった。

刃音の通過した直後、逆手に千葉幡士郎の右襟を掴む。

喉元に右腕を押しつけたまま、左手で奥襟を取り、一気に腰投げにした。

「これは――」

千葉幡士郎の口から、初めて驚愕の言葉が発せられた。

が、次の瞬間、重い地響きとともに声は途切れた。

着地の刹那、ゴリッという鈍い感触。

身動きを止めた相手から手を放し、誠十郎は立ち上がった。

肩で激しく息をする。

全身に汗が流れ、あちこちの刀傷がうずく。

父上――

瓦落として、勝ちました。

終章

一

「ならば、栄如に対する企て、完全に阻止したのだな」

加納久通が言った。

「はっ、間違いなく」

誠十郎は、平伏したまま言った。

二人は、雁木坂にある屋敷の奥座敷で対坐《たいざ》していた。

すでに四つ（午後十時）近い刻限である。

灯明《とうみよう》が二人を照らしている。

誠十郎は顔を上げ、口を開いた。

「千葉幡士郎を頭目とする一味は、栄如様の人望と、公方《くぼう》様への忠節を憎み、その失脚を図ろうとしました。その手段は、月光院様が幸徳寺へ喜捨なされました金無垢の仏像を、密《ひそ》かに盗み出すことだったのでございます」

「それが、栄如の失墜につながる理由は」

久通の目が細くなった。

「千葉らは、まず噂を流しました。栄如様が酒色に溺《おぼ》れ、金銭を貪《むさぼ》っていると。さらに、寺の大切な仏像を売却し、その金を懐へ入れたと。法会の当日、ご開帳の場面で、金無垢の仏像がなければ、それは噂を裏書きすることにほかならず、必ずや大きな騒ぎとなったはずです。当然、栄如様への信頼は揺らぎ、公方様や月光院様とのご親密な関係も破綻《はたん》したことでしょう。さらに、次の門主となる可能性のある徳隠という僧には、どうやら尾張藩の息がかかっているようです」

誠十郎は、上座の男をじっと見つめた。

「なるほど、栄如の失脚だけでなく、門徒衆の勢力までも、我が物にしようという狙いか」

「左様でございます。わざと世間の目を栄如様へ向けさせておき、その裏で、千葉幡士郎らは、幸徳寺の宝蔵への侵入路を探りました。彼らが目を付けたのが、原崎直太郎どのが所持する家作でした。そのしもた屋は幸徳寺の宝蔵に接しております。そこで、千葉幡士郎は原崎どのを夜道で襲い、刺殺したのです。かくして準備は整い、彼らはしもた屋の床下から、宝蔵の下まで穴を掘り進めました。人目を避けるために、深夜に作業を進めたものと推測されます——」

ところが、杉田屋に嫁いだお芳がその気配に気付いてしまった、と誠十郎は続けた。

抜け殻のような気持ちで嫁となったお芳は、寝付かれずに廊下に出て、懐かしいしもた屋を見上げていたとき、偶然、藤間たちの穴掘りの物音を耳にしたのだ。

そして、原崎直太郎の霊魂が、しもた屋に留まっていると信じ込んでしまった。

お芳は矢も盾もたまらず家を飛び出し、愛する者の霊魂を探し回った。

だが、それは千葉幡士郎の企てにとって、大いなる邪魔でしかなかった。

「だからこそ、千葉幡士郎たちは、あの手この手でお芳を遠ざけようとしたのでございます。お芳の周囲で怪異を起こしたのみならず、杉田屋にケチをつけて、店そのものを買い取ろうとさえしたのですから、大がかりな陰謀と言わざるを得ません」

「よほどの力と金が動いたと見なければなるまいな」

久通がうなずいた。

「はっ」

誠十郎は頭を下げ、それからおもむろに言った。

「そのことで、一つ気になることがございます」

「何だ、申してみよ」

「私を闇討ちにしようとした真崎京之介どののことを調べているうちに、闇討ちの前日、彼が千葉幡士郎と会っていたことが判明いたしました」

「何だと」

加納久通が身を乗り出した。

「しかも、二人はたびたび会合していたふしがあり、千葉幡士郎が尾張藩の上屋敷《かみやしき》へ出入りしていた気配もあります。ここひと月ほどの間、その者が頻繁に尾張屋敷の近くで目撃されております」

「ならば、今回の一件の黒幕も、やはりそこか」

「おそらくは」

誠十郎はうなずいた。

いよいよ、大きな戦いが始まろうとしている。

胸の鼓動が高まるのを、彼は感じていた。

久通も同じ思いだったらしく、一つうなずいた。

そして、誠十郎の晒《さらし》を巻いた右手と、胸元を斬られた着物へ目を留めた。

「目安箱改め方としての働き、こたびも見事ぞ。ちなみに、千葉幡士郎はいかに倒した」

「想身流柔術の技を、いささか工夫いたしました」

「その様子では、苦戦したな」

「はい」

「その働きへの褒美として、良い知らせを教えよう」

ふいに久通が笑みを浮かべた。

「どのようなことでございますか」

「小松が奉行所の与力に命じて、千恵どののことを調べさせた。すると、その方の懸念した通り、暮らし向きに困窮しておったそうだ。そこで、わしが筋書きを作っておいた」

「筋書き――」

「左様。かつて真崎家に仕えていた下僕が田舎《いなか》の上総に戻り、百姓として功なり、昔の恩義に報いたいという手紙を、千恵どのに送ったのだ。米俵とともにな」

「本当でございますか」

誠十郎は思わず言った。

久通がうなずく。

「これから、三月に一度、必ずそれが届く手筈《てはず》となっておる」

「ありがとうございました」

誠十郎は平伏した。

これで、心おきなく戦える。

だが、誠十郎の脳裏に、一つの危惧《きぐ》が残っていた。

尾張屋敷の近くで、康之と出会ったことである。

誠十郎は、行く手に暗雲が広がるような胸騒ぎを覚えるのだった。

二

翌朝――
江戸城の中奥の小座敷で、加納久通は下座で平伏していた。

中奥とは、将軍の居所である。

やがて襖《ふすま》が開く音がして、人が入ってきた。

床の間を背に、座る気配があった。

「加納久通、面を上げよ」

癇《かん》の強そうな硬い声である。

「はっ」

久通が顔をあげると、目の前に吉宗が鎮座していた。

目と耳が大きく、歴代将軍の中でも、すば抜けた偉丈夫《いじょうぶ》である。

身の丈、六尺（約一メートル八十センチ）。

しかも、強健な体質で、質素をむねとした衣食の暮らし。

それでいて、女色は人一倍旺盛《おうせい》だが、政務にいささかの怠りもない。

その吉宗が口を開いた。

「幸徳寺の栄如の一件、いかがした」

「はっ、栄如様を謗《そし》る噂のこと、背後の陰謀を暴き、未然に防ぎましてございます」

「陰謀とは、いかなる企てじゃ」

「隣家より、幸徳寺の宝蔵に穴を貫通させ、仏像を盗む計略にございました」

「仏像とは、もしかして、月光院様が喜捨なされた、あの仏像のことか」

「御意《ぎょい》。動いたのは千葉幡士郎なる浪人者。その者、尾張藩邸に出入りしていたのを、見られております」

吉宗が唸《うな》った。

顔が紅潮している。

月光院は、七代将軍家継の生母である。

吉宗が八代将軍に就任するに際して、この月光院をはじめとする譜代《ふだい》門閥の諸大名が強力な後ろ盾となったのだった。

いまでも、月光院の威勢は衰えていない。

吉宗にとって、力とも頼むべき人物にまで、策略を向けようとしているのだ。

しかも、寺や僧を道具にしてである。

「お上、本日これより、寺社奉行に下知を下されてはいかがでございましょうか」

久通は言った。

「寺社奉行に下知とは、いかなることだ」

「はっ。幕府にとって宗門改めは、刀狩りや検地と並んで重要な政《まつりごと》の要にございます。しかし、宗旨人別もさることながら、民草《たみくさ》の信心を掌握するは、それ以上に幕府安泰の土台にございましょう。人々の心を束ねる術《すべ》は、あまたの僧侶の功《く》徳《どく》を教え広め、祭を盛んにしてこそ、初めて可能になるものでございます。さすれば、全国の主要寺社に対して、寺社奉行よりいっそうの戒律厳守をお命じになるのです」

「なるほど、時宜を得た下知だな。――しかし、久通、それだけでは片手落ちだぞ」

吉宗がにやりと笑った。

「何ゆえでございますか」

「民草は鞭《むち》だけでは従わん。飴《あめ》が必要なのだ。さっそく、主要寺社へわしから寄進をいたそう」

ははは、と久通は平伏した。

締め付けとともに、民心を喜ばすこと。

吉宗の老獪《ろうかい》な手腕に、いつもながら舌を巻く思いだった。

そのとき、再び声がかかった。

「久通、いよいよ捨ておけん段階に入ったかもしれんぞ」

「拙者も、左様に愚考いたします」

久通はうなずく。

尾張の徳川継友は、いよいよ手駒の人間を動かして、攻撃を仕掛けてきたのである。

直接の指揮を執ったのは、継友の懐刀《ふところがたな》、嶋信綱《しまのぶつな》に違いない。

昨年十二月、嶋信綱は、尾張藩上屋敷に入ったのだった。

以来、尾張藩の攻勢が開始されたのだ。

「こちらの備えはどうじゃ」

「動ける者を、すでに飼っております」

「どのような男だ」

「柔の使い手にございます。しかも、係累もなければ、いつでも身を捨てられます」

吉宗の目が光った。

「嶋信綱を、その者に当たらせよ」

はは、と久通は顔を伏せた。

そして、胸の裡《うち》でつぶやいた。

竜巻誠十郎、いよいよ死力を尽くしてもらうぞ――

第十回
小学館文庫小説賞
決定発表

◉受賞作　〈正賞〉記念品　〈副賞〉百万円
『神様のカルテ』
夏川草介（長野県、二十九歳）

選考経過

第十回小学館文庫小説賞は二〇〇七年十月から二〇〇八年九月末日まで募集され、三百五十六篇のご応募をいただきました。

選考は応募作品の中から候補作を絞りこむ一次選考、候補作の中から最終候補作を選ぶ二次選考、そして小学館文庫小説賞受賞作を決定する最終選考の三段階を経て行われました。

一次選考を通過したのは以下の十五篇です。

（応募受付順）

『Ecstasy Moon』　首藤ありな
『雲がゆくまで待とう』　英文奈
『殺さなきゃならない悪魔たち』　田中宏昌
『白神の祈り』　福井次郎
『エントロピーエントリーエンドレス』　井上月
『キョージ！』　櫻田淳一郎
『キグルミ』　国仲聡
『ライムライト』　桜生一文
『神様のカルテ』　夏川草介
『バンナコッタの海に沈めて』　左右田佳鈴
『拉致海岸』　斉藤六三郎
『久遠の骸』　皆瀬寿樹
『ヤンナミの処女《しょうじょ》』　庵菜こと子
『名無しの十字架』　白石郷
『箱庭の世界』　武井学

一次選考を通過した十五篇の作品について、小学館出版局「文庫・文芸」編集部員による二次選考を行ない、文章力、テーマ、独創性、書き手としての将来性、読者への満足度などの観点から詳細に検討し、次の三篇が最終選考の対象となる候補作として選出されました。

☆第十回小学館文庫小説賞最終候補作
『キグルミ』　国仲聡（東京都、三十二歳）
『神様のカルテ』　夏川草介（長野県、二十九歳）
『名無しの十字架』　白石郷（神奈川県、四十歳）

右記の三作品について、「小学館文庫」編集長を中心とした編集部員による最終選考会を開き、さらに議論を重ねた結果、夏川草介さんの『神様のカルテ』を第十回小学館文庫小説賞受賞作に選出いたしました。（今回は優秀賞、佳作はありません）

夏川草介さんには記念品と副賞百万円をお贈りし、受賞作は近日中に小学館より刊行いたします。ご期待ください。

受賞の言葉　『神様のカルテ』

夏川草介　なつかわ・そうすけ

一九七八年、大阪府生まれ。二〇〇三年信州大学医学部卒業。長野県の病院にて地域医療に従事。〇八年より信州大学医学部大学院博士課程在学。

「死」について考えていました。

職業柄もあるでしょうが、私はいつも人が死ぬということについて考えていました。医療に携わっていると死がすなわち敗北だと捉える傾向がどうしても出てきます。しかし、私の中にそういった考えに対する違和感が常にありました。それが何かと問われて答えられなかったとき、その漠然としたものを形にしようとした結果が、私にとっての小説だったのだと思います。

無論、茫漠たる理念だけでは小説にはなりません。書き始めた言葉は、瞬く間に立ち込める霧にまかれて行く末を見失いました。それでも死を睨み据えながら惑い迷いつつ、ふと周囲を見回したとき、そこには驚くほど多くの魅力的な人々がいたことに気づきました。不敵な笑みを浮かべる指導医、才色兼備の看護師、豪快な友、心優しい居酒屋の主人、私の中で、死と生が、彼らを介することによって初めて連続したのです。イメージが浮かんだときには物語は完成していたと言えます。

この度、こうして書きあげた作品が、かくも名誉ある賞を受賞する結果となったことに今も驚きを隠せません。立ち込めていた霧が晴れ、進むべき大路を遠く見はるかす思いがします。この心持ちを忘れず、一層日々の努力に励んでいく所存です。

最後に、拙筆なる本作を受賞の陽の目に導いてくださった小学館の編集者の方々に感謝するとともに、いかなる難局においても笑顔とともに最高のコーヒーと励ましを提供してくれた妻に感謝します。ありがとう。

選評

◉『キグルミ』　国仲聡

自分の心の中で考えていることを他人にうまく伝えることができないと感じている主人公。彼は遊園地のアルバイトで「着ぐるみ」を着ていた。同じようにアルバイトで着ぐるみを着ている女の子に、主人公は好意を抱く。いっぽう彼は尊敬する先輩の恋人にも憧れを抱いており、先輩の突然の死でその距離は一挙に縮まる。着ぐるみの女の子にも先輩の影を感じていた主人公だったが、先輩の恋人との関係が深まるにつれ、女の子への思いがはっきりしてくる。先輩の恋人と別れ、着ぐるみを脱ぎ、女の子と暮らし始める主人公だったが……。

タイトルの「キグルミ」とはもちろん「着ぐるみ」のことで、

主人公と他者との関係性を、この着ぐるみを着るという設定で作者は象徴的に表現しているが、この着想は評価できる。「着ぐるみ」を着ることでしか通じあえない主人公と女の子。最終部で着ぐるみを脱いで新たな関係性を構築しようとするのだが、失敗に終わる。展開としてもこれは悪くはない。また主人公をとりまく人間模様も濃やかに描き出されており、登場するいくつかのカップルがそれぞれの人生の皮肉や幸福を垣間見させ、恋愛というテーマをさまざまな角度から浮かび上がらせてくれる。気になるのは文章が全般的に冗長な印象がぬぐいえず、どこかで読んだような表現も散見され、もう少し整理が必要である。本筋とは関係の無いエピソードもかなりあり、全体の構成も再考を要する。とくに最後の終結部はストーリーが二転三転するのだが、やや蛇足の感じは否めず、そのあたりは作者の計算違いではないかと思われる。いずれにしろ物語を物語る才能は感じるが、まだまだそれをうまくコントロールして、読むものを心地よくフィナーレにまで誘導する術に欠けているのではないか、選考会ではそのような意見も多く出た。

●『神様のカルテ』　夏川草介

主人公は信州の小さな町にある病院で働く内科医。大学の医局に所属することなく、勤務医として六年が経過していた。地方の医師不足のなかで大量の患者を抱え、少しでもきちんとした医療をと日々邁進する主人公だったが、医局からも声がかかり始めており、最先端の医療を学ぶため大学に戻るべきか、このまま地域医療に携わるべきかどうか迷い始めていた。主人公の妻は世界を渡り歩く著名な写真家だが、互いの忙しいスケジュールのためふたりはややすれ違い気味。それでもほのぼのとした関係は維持していた。また彼らが住む築二十年のアパートには不思議な住人が住んでおり、ことあるごとに酒を酌み交わす。そんななかで主人公はさまざまな医療の矛盾にぶつかり悩みながらも、自らの道をさぐっていく。

作者が現役の医師であることから、地域医療が直面している問題をベースに置き、そのうえにハートウォームな魅力たっぷりな人間関係の物語を構築している。全体は三つのエピソードからなる構成だが、前述のような骨太のテーマがきちんと底流にあるため、寄せ集め感はまったくない。それぞれのエピソードもメインテーマにしっかりと絡んでいてたいへん面白く読める。また二十代とは思えない老成した語り口も物語世界と見事にマッチしている。穏やかな主人公の人物像も好感度は高いが、ちょっと不思議系の入った彼の妻の存在感も物語のいいアクセントになっている。このふたりが実にいい味を出している。地域医療というテーマを取り上げながらも、独特のユーモアとペーソス溢れる人間描写が続き、読者は読み進むうちに物語のなかに引き込まれ、そして知らず知らずのうちにシリアスなテーマとも向き合うことになる。選考会では、断然多くの編集者の支持を獲得し、受賞作と決まった。

◉『名無しの十字架』　白石郷

一九八二年、横浜で日中共同声明十周年を祝す秘密パーティーが開かれた。各界の大物が顔を揃えていたその会では、参加者の度肝を抜く特別アトラクションが用意されていた。虎と生身の人間が闘うショー。その夜、虎の相手に擬せられたのはひとりの日本人キックボクサーだった。虎は牙も爪も封じられた状態にあったのだが、なぜかショーは本物の闘いになってしまう。キックボクサーは瀕死の重傷を負い行方不明に。事件は闇から闇に葬られた。それから二十年、横浜でプロレスのショップを営む主人公はこの虎と闘った伝説の男を探すことになる。しかも闘いを収めたフィルムには五十万ドルの値が付けられていた。男とフィルムを探すうちに主人公は伝説の周辺でうごめく濃密な人間模様に巻き込まれていく。

横浜を舞台にしたハードボイルド・ミステリー。かつての日活アクション映画を思わせる舞台設定は冒頭から読む者の興味をひきつける。なんでもありえる街、横浜の描写もセンテンスの短い文章でヴィヴィッドに活写されており、この街に親しんでいる著者の本領発揮のところと思われる。ただその舞台設定と文章は、ともすれば映画の台本のようにも思えなくもなく、選考会ではこの点が意見の分かれ目となった。確かに文章には艶が無く、語り口も平板、会話でストーリーを進めていく傾向も多々見られ、小説としての魅力に欠けるという意見も出た。ラストで主人公が虎と闘ったボクサーの婚約者に会うために函館に飛ぶが、これにも異論が出て、舞台は横浜で完結して欲しかったという声もあった。とはいえ選考会では受賞作に次ぐ支持を得ており、リーダビリティ豊富なエンタテインメント小説と評価された。

小学館文庫小説賞　受賞作一覧

第一回『感染～infection～』……仙川環
『神隠し』（佳作）……竹内大
『枯れてたまるか探偵団』（佳作）……岡田斎志
第二回『秋の金魚』……河治和香
『ｉｆ』（佳作）……知念里佳
第三回『テロリストが夢見た桜』……大石直紀
第四回『ベイビーシャワー』……山田あかね
『キリハラキリコ』（佳作）……紺野キリフキ
第五回『リアル・ヴィジョン』……山形由純
第六回『あなたへ』……河崎愛美
第七回受賞作なし
第八回『パークチルドレン』……石野文香
『廓の与右衛門　控え帳』……中嶋隆
第九回『千の花になって』……斉木香津
『ある意味、ホームレスみたいなものですが、なにか？』（優秀賞）……藤井建司
『秘密の花園』（佳作）……泉スージー

本書のプロフィール

本書は小学館文庫のための書き下ろし作品です。

シンボルマークは、中国古代・殷代の金石文字です。宝物の代わりであった貝を運ぶ職掌を表わしています。当文庫はこれを、右手に「知識」左手に「勇気」を運ぶ者として図案化しました。

「小学館文庫」の文字づかいについて

- 文字表記については、できる限り原文を尊重しました。
- 口語文については、現代仮名づかいに改めました。
- 文語文については、旧仮名づかいを用いました。
- 常用漢字表外の漢字・音訓も用い、
  難解な漢字には振り仮名を付けました。
- 極端な当て字、代名詞、副詞、接続詞などのうち、
  原文を損なうおそれが少ないものは、仮名に改めました。

やわら侍《ざむらい》・竜巻誠十郎《たつまきせいじゅうろう》 夏至闇《げしやみ》の邪剣《じゃけん》

著者 翔田《しょうだ》寛《かん》

二〇〇九年五月十三日 初版第一刷発行

編集人――菅原朝也
発行人――飯沼年昭
発行所――株式会社 小学館
〒一〇一-八〇〇一
東京都千代田区一ツ橋二-三-一
電話 編集〇三-三二三〇-五九五九
販売〇三-五二八一-三五五五
印刷所――中央精版印刷株式会社

ISBN978-4-09-408386-6

小学館文庫